JN303792

爆弾うさぎ

２０××年・10月３日　〈クミシ〉

６年Ａ組、５限目社会科。俺はいつもの如く、腹ん中で悪態を吐いてた。

あー……、つまんねぇ。何でこんなつまんねぇんだ？

何が社会科のお勉強だ？　何が日本の歴史だ？

過去ばっか振り返ってんじゃねぇよ。

前を見やがれ――ファック・オフ!!

何だって他の連中は、こんな糞面白くもねぇ授業なんか大人しく聞いてられんだよ。

お利口さんですねぇ、皆さん。

少子化とやらが進んだお陰で、俺の学年は１クラスだけ。しかも26人。６年Ａ組。それが、俺のクラスだ。

１クラスしかねぇのに、Ａ組も何もあったもんじゃねぇけど。

しかし、この連中は餓鬼だ。餓鬼ばっかりだ。こんな所に押し込められて洗脳されて管理されてる事に何のギモンも抱いちゃいねぇ。

低脳の餓鬼ばっかりだ。

俺だってこいつらと同じ12年しか生きちゃいないが、そんだけ生きりゃ充分だ。何がくだらなくて何がそうじゃないかの分別位はつく。

なのにこいつらときたらどうだ？　鼻タレの餓鬼どもめが。

後半年足らずで、この学校を卒業する。その後が悪夢だ。

いやらしい揃いの制服を着せられて、今よりくだらない中学生活を送る事になる。

日本の学校なんてのは、体のいい軍隊だ。

整列――回れ、右！

ところがだ、このクラスの馬鹿どもときたら、中学生活に甘い夢を見てる。希望すら抱いていやがる。

ホントに馬鹿だ。救いようのない馬鹿どもだ。

おまけに見ろよ、女子どもの不細工な事。馬鹿とブスの寄せ集めじゃねーか。

端から順に……馬鹿、ブス、馬鹿、ブス、馬鹿、ブス、馬鹿、ブス。

こいつらのせいで、俺は学校にいる間中、腹ん中で吐きたくもねぇ悪態を吐いてなきゃなんねぇんだよ。

馬鹿、ブス、馬鹿、ブス、馬鹿、ブス、馬鹿、ブス、馬鹿。

まあ………マシなのはメリア位だな。あのヒラヒラの服だけ何とかすりゃあ、見れなくはない。

それに、男でも馬鹿じゃないのもいる。

俺の斜め前の席で、カリカリとシャーペンを動かしてる、アキ。

アキは俺の………親友だ。

シャーペンをカリカリ、つったって、真面目にノートを取ってる訳じゃない。またいつもの悪戯描きでもしてんだろう。

アキは変わった奴で、ゴスとかいうのに傾倒してる。

黒い服着て、死人みてぇな顔色して………けど、アキは格好だけじゃなくて、本当にその世界が好きみたいだ。アキの部屋には、海外の古い小説（ゴシック・ロマンスとか言うんだそうだ）が並んでる。

5年の中頃に転校してきた時から変な目で見られてはいたが、その年の文化祭に提出する水彩画に、アキはとんでもない絵を描きやがった。

小学5年生の絵なんて、大抵は風景画とか、自画像とか、そんなのだ。俺だって自画像を描いた。勿論、髪を立てて舌出して、中指立ててる自画像だったけどな。

けど、アキの描いた絵はそんなもんじゃなかった。

アキの絵は、首のもげた天使の絵だった。

首のもげた天使が、血だらけの自分の首を小脇に抱えて、もう片方の手に弓を持って、真っ赤な空を飛んでる絵だった。

その時の担任はヨモタって名前の、昔画家を目指した事があるとかいう、これまた少し変わった奴で、そいつがアキの絵を、技術的には素晴らしいからって理由で、結局文化祭に出品しちまった。小学5年生の描いた、首のもげた天使の絵を。

確かにその担任の言う通り、同い年の俺が見ても、普通のガキに描ける絵じゃねぇだろうと思う程、その絵は上手かった。

俺は、単純にキレイだと思ったよ、その絵を見て。

でも、やっぱりそれからアキは完全に変な奴のレッテルを貼られた。

俺はアキに興味があったんで事ある毎に話しかけてたんだが、結局音楽の話で仲良くなった。俺は音楽はパンクしか聴かねぇが、ゴシック・パンクなんてのもある位だからな、アキとは結構共通点があったんだ。

変なミサ曲なんかは俺は眠くなるだけだけど、バウハウスなんかは俺も好きだし、スージー&ザ・バンシーズなんか言わずもがなだ。アキが敬愛して止まないマリリン・マンソンなんか音楽的にはともあれ、あのやり過ぎの馬鹿さ加減は充分パンクだと、俺は思う。

アンチ・クライスト万歳だ。

授業が終わって、アキがいつものように俺の席までやって来る。

「アキ、絵描いてたろ？　見せてくれよ」

「え？　ああ、はい、これ」

……………潰れた黒猫かよ。

「アキ……………あんまりシュミ良くねーぞ、これ」

「さっきねぇ、タイトから……………」

「聞けよ！　人の話」

「タイトから、携帯にメールが来てた」

タイト。そいつが、アキと、もう一人の俺の親友だ。今日は……………というか、ここ最近学校には来てねぇ。1ヶ月前に1日来たけど、その前に来たのはその2週間前だ。要するに、登校拒否児なんだ、タイトは。

「何かね、帰りに寄ってくれって。話があるから、って」

「話ぃ？　珍しいな。………俺、あいつん家あんま得意じゃねーんだよな。何かこう、カビっぽいっつーか、毒っぽいっつーか」

タイトはオタクだ。オタクどころか、電波系スレスレ。

部屋には訳の解んねぇ本が山積みで、タイトは、ひねもす部屋にこもってはそれらを読み耽ってるか、パソコンの前に座ってる。

「何それ、毒っぽいって。まあ、タイトの部屋は何か陰惨な感じ、するからねぇ」

「お前が言うか、それを。お前の部屋だって充分陰惨だろうが。変な祭壇あるわ、ドクロ置いてるわ、ロウソクだらけだわ、薄暗いわ………。絶対その内何か出るぞ、あれ。霊とか」

「ドクロはクミシも好きでしょ？　クミシだって部屋の壁に貼ってるじゃない、ドクロのポスター」

「あれは只のドクロじゃねーよ！　ミスフィッツのポスターだよ！………でも、まあ、ドクロは好きだな、俺も」

「――あ、6限目だ。じゃあ、放課後は、タイトん家ね」

「おう」

２０××年・10月3日　〈アキ〉

5時限目の授業中にタイトから携帯にメールが入った。

タイトの方から連絡をしてくるなんて、本当に珍しい。タイトと遊ぶ時は大概、僕とクミシの方からタイトに連絡をして家に行くパターンだから。

わざわざ連絡をしなくても、突然行ったって、タイトが家にいる事にはまず間違いないんだけど。

タイトはほとんど家から出ない。パソコンさえあれば一歩も外に出なくても本を買う事が出来るんだし、本からじゃ得られない情報もネットには溢れてる。

相変わらず、タイトの部屋は無秩序な散らかりぶりだ。クミシがあんまり得意じゃないって言うのも解る気がするよ………。

跨がないと移動出来ないほど乱雑に積み上げられた本達が、異様なオーラを放っている。

こういうのを、乱読って言うんだろうな。

精神病院の潜入ルポや暴力団の裏社会、風俗嬢のドキュメントなんて、あんまり品のなさそうな本から、世界文学全集から、………夢野久作全集まである。タイトが夢野久作の『ドグラ・マグラ』の中の「キチガイ地獄外道祭文」を全文暗記してるのを知った時は、マジでやばい奴だと思った………今でも、多少思ってる。いい意味でだけど。

余りに高くて僕は買えなかった澁澤龍彦の全集全22巻と別巻2冊。翻訳全集の方も全15巻と別巻1冊、計40冊が揃ってる。僕は澁澤の本は文庫でしか持っていないから、それがうらやましくて仕方ない。

タイトは、「本という物」自体が好きみたいだ。………その割に、大事に扱ってるとは到底思えないけど。興味を持った本は取り敢えず読んでみないと気が済まないタチなのには違いない。

僕は、本は決まったジャンルの物にしか興味は湧かない。

乱読の中から自分のフィルターを通して知識を得ることの出来るタイトを、僕は素直にすごいと思う。

本なんか全く読まないクミシも、口には出さなくても多分、同じような事を思ってると思う。オタクだのキレてるだの何だかんだ言いながらも、俺の親友はアキとタイトだけだ

——いつも、そんな事を言ってる。

今の学校に転校して来て、クミシやタイトみたいな友達が出来るなんて思ってもいなかった。そもそも、世の中の、そして人間の暗黒面に惹かれ、その世界に身を置く事が、ゴスである僕の安息なのだから、友達なんて言葉を使う事にすら、本当は抵抗がある。

でも、クミシもタイトも、ジャンルこそ違っても、そういう世界がちゃんと見えてる。テレビや街角で流れる、上面だけのくだらない流行歌に心を動かされるような、愚鈍な神経の持ち主じゃあない。

流行歌もアウトドアもサーフィンもバーベキューも、僕は大嫌いだ。

格好だけのゴスの人達は多い。この国だけに限らず、彼らの特権は、群れる事。

孤独を愛し異端を愛するゴスの精神に生きる者の筈なのに、彼らは仲間を、理解者を求める。

その気持ちは、正直に言って解らない訳じゃない。

ゴスに惹かれる人間は、異端である事の屈折した優越感を、過剰なまでに持ってる。

それは大昔から変わらない。

何世紀も昔から、暗黒な世界に傾倒する人達は、孤独な諧謔者であると同時に、精神を共有するため、ある種の優越を確認するために、秘密結社のようなものを結成し続けてきた。

只、彼らには優越の裏付けとなる信念があった。

ゴシック系ファッション雑誌でポーズをきめてスナップ写真を撮られたり、挙句の果てに友達募集なんてする人達は、歪んだ優越感を持て余すだけで、決して諧謔者なんかじゃない。

「うわ」

そこら辺に乱雑に積まれた本をパラパラとめくってたクミシが変な声を出した。

「うわー、俺ダメだ、これ」

クミシが手にしてるのは、ベルナール・フォコンのマネキン写真集だった。

「俺、人形ってダメなんだよ。特にマネキン。こえーよ、死体写真集よりこえー」

「そう？　僕は好きだよ、人形。本物の人間より、本物の死体より、キレイで高尚な感じがする。吉田良の人形が僕は好きだけど……恋月姫の造る人形なんか、生で見たら、クミシだって絶対気に入るよ」

「いやあ……ダメだな。人形は、苦手。気持ち悪い」

「恋月姫の人形はねぇ、本当にキレイだよ？………メリアに似てる。ちょっと」

「出た！　出た出た出た！　何かっつーと、メリアだよ、この色ボケ野郎は」

クミシには、メリアの良さは解らないんだよ。事ある毎にヒラヒラだロリータだって、メリアの事をけなすんだから。

ロリータは、退廃の哲学なんだよ。

クミシだってパンクスの端くれなんだから解るでしょう？　退廃の意味位。

僕の隣にいるべきなのは、メリア。メリア以外は考えられない。

メリアに19世紀のコルセットの付いた白いドレスを着せて、真っ白な日傘を持たせて、手を取って歩けたらどんなに素敵だろう？

黒ずくめの僕と、真っ白い君。

メリアは言ったんだ。文化祭の絵、本当にキレイだった、って。

勿論直接じゃない。他の女子に話してるのを耳にしただけ。

あの絵をキレイだって言ってくれたのは、クミシとメリアだけだ。………ああ、あと、担任だったヨモタ先生だ。

タイトは、タイトなりの精一杯の愉快そうな顔で、フフンと鼻で笑った。勿論僕は、それを賛辞と受け取った。

「恋月姫の作品集とか、タイト持ってる?」

「ない。可淡なら、あるよ」

「嘘!」

「はい、これ」

ざっと見て20はある本のビルディングの中から、タイトは迷う事なくその1冊を引っ張り出して来て、僕に手渡す。

「何処に何があんのかちゃんと把握出来てんだ、お前。やっぱキレてるわ。なぁ、アキ」

クミシが半ば感心、半ば呆れたように言う。僕は、さっきメリアの件でからかわれたのがちょっと頭に来てたから、クミシを無視した。

「これさ、もう手に入らないんだよね。出版社自体がなくなっちゃったもんねぇ」

「ああ………CD―ROMは出てるよ。違う出版社から」

「そうなんだ? いいねぇ、やっぱり人形は。最近だとね、清水真理って人の人形が気になってるんだけど………」

「うさぎと人間が混じったみたいなやつだろ? アキの好きそうな感じだよ」

クミシは、僕に無視された事なんて一向に意に介さない様子で、「実録！　音楽業界の裏の裏！」か何かを読んでる。僕はクミシのこういう所が嫌いじゃない。無神経な人間は大嫌いだけど、クミシはちゃんとモノの解った奴だから。少々口の悪いのなんて補って余りある魅力が、僕にとってのクミシには、ある。

「あ、そういえば」

クミシが思い出したように顔を上げた。

「タイト、お前、俺らに話があったんじゃねぇの？」

「ああ……そう、それなんだけど」

20××年・10月4日　〈タイト〉

クミシとアキの二人に昨日、例の話をした。

二人に会うのは久し振りだった。いや、人と会うのすら、久し振りだ。

ここしばらくはずっと部屋にこもって、例の事の実行に向けて作業をしてた。

ボクはもう、学校に戻る気はないんだ。

学校の奴らは、馬鹿ばっかりだ。………こんな言い方は、クミシみたいだけど。

そう、クミシもアキも、その事を解ってる。と、ボクは思ってる。ボク程ではないにしたって、二人とも感じてる筈だ。

疎外感を。

奴らはみんな、ボクの頭がおかしいと思ってる。確実に、気が違ってると思ってる。構わないんだ。そんなのは、構わない。

狂ってんのは、世の中の方だ。

こんな狂った世界でソツなくやって行ける奴らの方が、余程狂ってる。

ボクの脳は、世界の狂いに敏感過ぎるんだ。ほんの少しの歪みは、増幅されてボクの脳髄に届く。

本当に自分まで狂ってしまうんじゃないのか？　そんな不安にいつも苛まれる程、世の中の狂いは四方八方からボクに手を伸ばす。

イジメや校内暴力は、教育のせいでも、家庭のせいでもない。集団ヒステリーだ。

学校という封鎖された空間の中で、個々が持ち寄った、また街中から拾い集めてきた様々な歪みは、反響して、増幅する。蔓延する世界の狂いに身を委ねてしまった者達の集団ヒステリーが、問題を起こす。

クミシとアキと話すようになったのは、約1年前。

文化祭の写真を、担任に言われて家まで持って来たのが最初だ。

もっとも、ボクは文化祭に出品もしてなきゃ、当日学校に行ってもいなかった。だからボクの写ってる写真なんか、一枚だってある筈はなかった。

クミシは、写真を届ける役目を自らかって出たらしい。ボクに興味があったからだと、後から聞いた。

それから2週間位後には、クミシは今度はアキを連れて、用もないのにやって来た。

クミシとアキの事は、勿論知ってはいた。

変なパンクスとゴスの奴がいる。その程度の認識。

ボクは、ちゃんとピントを合わせて人を見る事が出来ない。

学校にいる間は、視界には常に人が入り込むから、ボクは常にピントをズラしてなきゃいけない。

だからボクはいつも焦点の合ってない目で過ごす。ははは、イッちゃってる奴だと思われる訳だ。

眼球筋が疲労して仕方ないから、ボクは学校に行かなくなった。

部屋で本を読んでいる方が、目に優しい。

この部屋が、ボクの世界だ。本当の、ボクの世界だ。

誰にも入り込めない。……筈だった。

でも、クミシもアキも、嫌な感じがしなかった。ピントをズラさなくても話をする事が出来た。

がさつなクミシがボクの本を勝手に手に取っても、ボクは全く不快には思わなかった。

それが何でなのか。今でも不思議だ。

クミシやアキが言うように、変わり者同士、嫌われ者同士だから、なのか？

友情だの連帯感だのなんて、ボクは信じちゃいない。

只、例の事は、二人に話そうと思った。

そう。あの二人は確かに他の奴らとは違う。だけど、大事な事に気付いていない。

世界の真理。

狂いのない世界の真理は、パンクの中にもゴシックの中にも、無い。

何処に在るのか？

ボクは、それに気付き始めてる。そして例の事は、その扉を開く初めの一歩だ。

一人で実行したって構わなかったんだ。でもボクは、二人に話した。二人なら、解る筈だ。世界の真理が。ボクがただのおかしい奴じゃないって事も、知らしめてやれる筈だ。

例の事。

爆弾の作り方。それも極めて簡単な。

余りにも手に入り易いそこら辺にある材料と、チンパンジーでも作れるその方法は、故にほとんどどんな文献にも載っていない。

普段しょっちゅう目にしたり触ったりしてるあんな物とあんな物を組み合わせて爆発物が出来るなんて、ボクもまさかと思った。

インターネットと海外から取り寄せた本と首っ引きで、この10日間ずっと調べてた。で、2日前の夜、実験をした。

小さめの規模の物を二つ作って、一つを裏山で爆発させた。

そいつは見事に爆発した。舞い上がる土埃を見ながら思った。クミシとアキに話そうと。

そして昨日、残りの一つを、二人の前で、同じ方法で爆発させて見せた。

二人とも、最初は全く信じちゃいなかったけど………そりゃあそうだ、あんな物とあんな物をくっつけるだけなんだから。

でも。


——ばん——


小気味良い音を立てて爆発したそれを見て、二人は目をまん丸にした。

あの神経質で物静かなアキまでが、声を上げて絶賛した。

「すごい！　すごいよ、タイト！　ねぇ、クミシ、すごいねぇ！」

解ったろ、お二人さん？

ボクがただオタクの引きこもりじゃないって事が。もうすぐ。もうすぐボクは、真理を導き出す。

20××年・10月9日　〈クミシ〉

いやぁ、まいった。

タイトが爆弾を作りやがった。

何で、あんなもんとあんなもんをくっつけただけで、爆弾が出来んだ？

……訳解んねぇよ。

けど、タイトの作ったそれは見事に爆発しやがったんだよ。

結局あの日は明け方までタイトの部屋で話し合った。

何を？

勿論。爆弾をどう使うか、だ。

試作品はかなり小さい物だったけど、あれの2倍……いや、3倍ほどの大きさの物なら、人一人充分に吹っ飛ぶ。

ムカつくあいつの頭も、あいつの腕も、あいつも、あいつも、吹っ飛ばしてやる事が出来るんだ。

痛快だろ？

そうさ。正義や主義主張のためのテロルになんざ、興味はねぇんだよ。

吹っ飛ばしてやりたい奴らの名前をそれぞれ挙げながら、俺達は今までにない位はしゃいだ。

普段物静かなアキまでが、浮かれてはしゃいでた。

爆殺予定の人数はどんどん増えて、最終的にはみんな合わせて49人にもなった。

クラス一番のブスがどんなツラをして死んでいくか。

考えただけでもワクワクして。そうだな、脳内麻薬が垂れ流しの夜だったよ。

はしゃぎ過ぎて気が済んじまったのか、あれから、俺達の間で爆弾の話は出ない。

20××年・10月13日　〈アキ〉

タイトは相変わらず学校には来ていない。

あの、爆弾の一件から、もう10日が経つ。

僕も最初は信じちゃいなかったし、とうとうタイトも本当に頭がイッちゃったのかと思ったけど。

………びっくりした。

クミシのはしゃぎようったらなかった。爆殺リストに一番たくさんの名前を挙げたのもクミシだ。

僕はクミシ程、誰も彼もに「ムカついて」はいないけど、あの日以来、クラスの奴らを眺めながら、頭の中で爆殺を繰り返してる。

それで満足。充分だ。

タイトもクミシも、きっとそうだ。

爆弾を作れるからって、誰も殺しはしない。

ただ、脳内暗殺者として日々暮らす。

それに………爆殺は、どうも僕の美意識にそぐわない。

どちらかといえば、毒殺。死の錬金術。

稀代の毒殺魔、グレアム・ヤングみたいに。華麗に。簡潔に。

この10日間で、タイトには1回だけ会った。クミシとは勿論学校で毎日顔を合わせてる。

クミシはいつも通り悪態を吐いてるし、タイトは今度は合法ドラッグの調合を調べてるらしい。

そう、たまに、ああいう面白い事があればいい。

20××年・10月17日　〈タイト〉

あの時の二人の顔。

2週間経った今でも、忘れられない。

作った当人でさえ、正直言ってかなりびびった。

もう少し規模の大きい物を作れば、人間の一人くらい簡単に吹き飛ぶ。

セットして置いてしまえば、後は次に振動が加わった時………つまり、誰かが手に取った時に、爆発する。

何処にでもあるあんな材料からアシが付くとは思えない。しかも、本体自体も粉々に砕け散る。

セットする所さえ見られなければ。

完全犯罪だ。

ボク達は、無差別テロリストにだってなれる。明日からでも。

あれから、クミシとアキは一度だけ家に来た。その時ボクは合法ドラッグのレシピを調べてた。アキは毒薬の方に興味があったみたいだったけど。


クミシもアキも、爆弾の話はしなかった。

20××年・10月29日　〈クミシ〉

爆殺。

その言葉が頭から離れない。

こびり付いてやがる。

タイトは、アキは、もう忘れちまったのか？　あの爆弾の事を。

きっとそうなんだろう。

つまんねぇ日常の中の、ちょっとした刺激的な遊びだった。そう思ってんだろう。

俺だってそう思ってたよ。

あれから、ムカつく事があったって、「いつか吹っ飛ばしてやる」そう腹ん中で呟くだけで、ちょっとは気が静まってた。

だけど、それは違うんじゃねぇか？

「吹っ飛ばしてやる方法を知ってる」ただそれだけの事で、俺のくだらねぇ毎日は何も変わってねぇし、これからも変わんねぇんじゃねぇのか？

俺の宝物のギター。

それは、何のためにある？　弾くためだろう。

じゃあ、爆弾は、何のためにある？

俺のこの抑えようのない怒りは、何のためにある？

暴走寸前の衝動は、何のためにある？

永遠に続く退屈な、馬鹿げた「これから」のためか？

そうじゃねぇだろう？
コンポから流れるＤＩＳＣＨＡＲＧＥ。キャルが歌う。
［ＴＨＥＹ　ＤＥＣＬＡＲＥ　ＩＴ　――宣戦布告――］

２０××年・11月２日　〈アキ〉

毎日は、何の変化もなく過ぎて行く。
クミシは何だかんだ文句を言いながらも、毎日学校に来ている。
タイトの姿は見えない。それもいつもの事だ。
ああ、そう。クミシは１日だけ風邪で欠席した。
近頃学校では風邪が流行っていて、毎日誰かしらは休んでる。
人一倍不健康に憧れを持つ僕は、実は人一倍健康らしく咳一つ出ない。うんざりする。
クミシがいないと、僕は本当に独りだ。
教室の移動の時も、お昼を食べる時も、誰も僕には話し掛けない。

クミシはあれで結構誰とでも話せる奴だし、僕と一緒にいるクミシに話し掛けて来る人もいる。

でも、クミシがいない教室では、僕は誰にも視えていないみたいだ。

転校してきたばかりの時みたいに、「何で毎日ソーシキみたいな格好してんの?」だの、「死体とか好きなんでしょ?」なんて、トンチンカンなからかい方をされる事はなくなった。

それに比べれば、話し掛けられない方が随分マシなのかも知れない。

孤独は、平気なんだ。むしろ僕はそれを望む。

クミシは、タイトは、特別だ。それから、話した事はないけれど、メリア。

解らないのは、こんな下品で程度の低い人達の中で、どうしてメリアは、笑っていられるのかって事。

メリアは、無理をしてるんだ。迎合したふりをしながら、メリアの心は誰より深く、孤独の闇に埋没している。

僕には解る。

でも、メリア。君は、それ以上耐えちゃいけない。君の心が、魂が、汚されてしまう。

笑い声。嬌声。うるさい。

思い出すのは、爆弾。タイトの家の裏山で砕け散った、あの爆弾。

２０××年・11月8日　〈タイト〉

ボクの見込み違いだったみたいだ。

あの二人は駄目だ。

あれから爆弾の〝ば〟の字も口にしない。

びびってるのかと思ってた。

でも、そうじゃないんだ。二人は、ボクを馬鹿にしてる。あいつらは、爆弾の威力をなめてる。今頃、二人でボクを笑ってるんだ。

そもそも、二人がボクに近づいたのだって、面白半分だったんだ。

そうだ。きっと、そうなんだ。

ボクは、爆弾の話なんか、するべきじゃなかった。

二人とも、ボクを友達だなんて、思っちゃいなかったんだよ。

恥ずべきは、愚鈍な自分だ。

初めて。初めて、理解者を得たような気になって、ボクはなんて愚かだったんだ。

理解者など、いる筈はない。あいつらも、世界の歪みの一員なんだ。

考えてもみろ。今まで、ボクを笑わなかった者がいたか？　奇異な物を見る目を向けなかった者がいたか？

答えは、否だ。あいつらは、とても器用にそれを隠していた。

もう、騙されない。

あいつらの本当の姿に気付けた事は、良かった事なんだ。それこそが、真理の扉を開く鍵だったんだ。

悲しむ必要はない。

寂しく思う必要はない。

ボクは、ボクの内側の声だけに耳を傾ければいい。

そしてもう一度、爆弾を作ればいい。

20××年・11月13日　<マチハルヤ　サモエ>

「今日の英会話教室は、楽しかった？」

「うん！　たのしかった」

「さあ、早く帰って、夕飯の支度しましょうね。お買い物に寄って帰らなきゃ。今日はパパも早く帰って来るからね、ご馳走にしようね。ルチカちゃんは何が食べたい？」

「ルチカねー、ハンバーグがたべたい」

「そっかぁ、じゃあハンバーグにしよう。ルチカちゃんもお手伝いしてね？」

「うん！　ルチカ、おてつだいできるよ」

ルチカは本当にいい子に育ってるわ。

産まれてしばらくは予想以上に大変で、しょっちゅう夜泣きで起こされて……何度二階の窓から放り投げてやろうと思ったか知れないけど。

パパが協力的だったお蔭よね。本当、いい結婚をしたわ。

安定した、真面目な公務員の夫。聞き分けのいい可愛い娘。

これで後はルチカが、私立幼稚園の受験に合格してくれれば。

きっと受かるわ。そのために今まで時間とお金をめいっぱい使って、頑張ってきたんだもの。

そしていい小学校に入って、いい中学校に入って、いい高校に入って、いい大学に入って、いい会社に腰掛けで入って、出世コースのエリートを捕まえるのよ。

それで私の老後も安心。

三軒隣のナカノミチさんとこも受けるらしいけど、あの子は駄目ね。

いくら頭が良くたって、品がないのよ、品が。田舎臭い顔しちゃって。

あれじゃ、どんないい学校やいい会社に入ったところで、捕まえられる男はたかが知れてるわよ。

それに比べて、ルチカは天使だわ。小さい頃の私そっくり。

「ママー、うさちゃん」

「うさちゃん?」

「うん、うさちゃんがいる。あんなところに――」

「――ルチカ！　駄目、走っちゃ‼　車が‼」

――ああ………良かった………。渡り切った………。

「そこにジッとしてて！　いい？　ママが渡るまで、そこでジッとし

――――ばん――――

20××年・11月14日　〈カミヤリポーター〉

はい、こちら現場のカミヤです。

昨日、午後4時頃、何者かが道端に放置した爆発物により、幼い女の子が犠牲になるという、何とも、何とも、悲惨な事件が起きました。

死亡したのは、こちらY市のY市役所に勤める、マチハルヤ　ナミロクロウさんの長女、マチハルヤ　ルチカちゃん、3歳です。

ルチカちゃんは、昨日午後4時頃、母親のマチハルヤ　サモエさんに手を引かれ、この道を、えー…………あちら方面に向かって歩いている途中、突然サモエさんの手を振り解いて、走り出しました。

ルチカちゃんは走ってこの車道を渡り切り、反対側の…………この歩道の、丁度この場所で、被害に遭ったのです。

走り出す直前に「うさちゃんがいる」と、ルチカちゃんが言うのを聞いたという証言、また、その他の多数の目撃証言から、爆発物はうさぎのぬいぐるみに仕掛けられた状態でこの歩道脇に置かれてあり、ルチカちゃんがぬいぐるみを手に取った瞬間、大きな音と共に爆発したものと、みられています。

こちらY市は、見ていただければ解ると思うのですが、非常に静かな街です。特に事件のあったこの通りはスクールゾーンであり、おしゃべりをしながら下校する小学生や、お母さんに手を引かれて幼稚園や保育園から帰る子供さんの楽しげな笑い声などに溢れた、大変、のどかな雰囲気です。このような平和な街で、この様な悲惨な事件が起こるなどと、一体、誰が予想だにしたでしょうか。

ルチカちゃんもこの春に、こちらY市に在ります名門の私立幼稚園を受験する筈だったとの事で、昨日も、英会話教室からの帰り道で、この事件に巻き込まれました。何とも、何とも、痛ましい事件です。

………幼いルチカちゃんの頭部はバラバラに砕け、母親のサモエさんが車道を渡ってこの場所に着いた時には、アスファルトの上に、白い、ルチカちゃんの脳味噌がこぼれ出し、その真ん中には、問題のぬいぐるみに使用されていたとみられるプラスチック製の目玉がぽとりと落ちており、サモエさんの方をキョロリと見た、といいます。

尚、現在母親のマチハルヤ　サモエさんは事件のショックから精神が錯乱しており、ここY市の、Y市立キグルイ病院に入院中ですが、事件から丸1日余りが経過した現在も、「めーだま、めだま、うーさちゃーんのめーだまー」と声高らかに歌い、「けけけけけけけけけけけ」と笑い続けているとの事で、詳しい事情を訊く事は困難な状態にあるとみられています。

以上、現場よりカミヤがお伝えしました。

吹っ飛んだ餓鬼は、名門私立幼稚園に入るんだったんだとよ。

そんな餓鬼が将来大人になって、この国を引っ掻き回しやがるんだ。

ざまあみやがれ。

とにかく爆弾の威力はよく解った。実験は、成功だ。

俺が犯人だと気付くのは、タイトとアキだけだろう。あいつらは、何て言うか？

あいつらがびびって出来なかった事を、おれはやってのけたんだ。

場合によっちゃあ、狙いを定めて爆弾を仕掛ける事だって可能だ。

爆殺リストの人数は増え続けてる。いまや、クラスの大半がノミネートされてる。

最後までリストに入らないのはタイトとアキと……タタラギ　ケイジだ。

タタラギ　ケイジと俺が5年の初めまで仲が良かった事を、もうみんな忘れちまってるだろうけどな。

多分、タタラギも忘れてるだろうよ。

でも、俺は忘れちゃいないんだよ。

二人で金を出し合って買ったパンクのCDを交互に貸し借りして聴いた事も、ズボンにベルトを縫い付けてボンテージパンツを作った事も、ある日突然、私立の中学を受けると言い出した事も、パンクとかってもうダサくない？　サッカー部入ることにしたから、なんて言って俺から離れて行った事も。

あれから1年ちょっとしか経たないのに、あいつは俺となんか話した事もないような顔で学校に来てるよ。

大したもんだよ。あっという間に成績もトップで、サッカー部のエースで、お洒落な生徒会長君だもんな。

……嫌味で言ってるんじゃないんだ。タタラギがどう思ってようと、俺は、タタラギを今でも友達だと思ってるよ。

何年経ってからでも、あんな事があったよな、なんて笑って話せると、信じてる。

だから、タタラギは、リストには入れられない。

――あと、メリア。

アキが御執心のメリアは、リストには入ってなかったんだ。つい昨日まで。

でも、今日は。今は。

一番消えて欲しい人間になっちまった。

今日の昼間、メリアが突然家に来た。お見舞いだとか何とか言って。昨日から、俺は学校は風邪で欠席って事になってる。

勿論、本当は昨日の事件の報道をチェックしなきゃなんないからだ。

メリアと面と向かって話すのは、初めてだった。

相変わらず装飾過剰なヒラヒラの服を着たメリアは俺に言った。

――あたし、貴方の事が好きなの。

何なんだ？　何なんだ一体？　何でよりによってメリアが？

俺にどうしろって言うんだ？

どうしようもないだろう。だから言ったよ。俺にはどうしようもないってな。

………糞！　俺の頭を混乱させせんじゃねぇ！

アキはお前のどこがいいんだか知らねえけどな、俺はお前みたいなヒラヒラのフリフリは要らねぇんだよ。

要らないんだ。要らない。俺が必要なのは、一人だけだ。

アキがいればいい。

――アキ。大好きなんだよ。アキ。

20××年・11月16日　〈Y市立Y小学校5年A組・女子A、女子B〉

「あっ。ねぇねぇ、ここから見えるよ、サッカー部！　タタラギ先輩！」

「嘘！　ほんとだ。へぇ、視聴覚室、穴場じゃん。今度から放課後はここに来ようっと」

「やっぱりカッコいいわ、タタラギ先輩。あ！　あ！　シュート決めたよ！　見た？」

「見た見た見た！………もうすぐ卒業しちゃうから今の内に目に焼き付けとかないと」

「でもさ、知ってた？　タタラギ先輩って、5年までハギマと仲良かったって」

「………ハギマぁ？　パンクのハギマ　クミシ？」

「そう。あの、変なパンクのハギマ　クミシ」

「何でこんなカッコいい先輩があんなのと？」

「解んないけど。でも、あんなのの友達やめて正解だよね」

「そりゃあそうでしょ。変な紐付いたズボンとか穿いてるし。今どき流行んないよ、パンクなんてさ」

「ねー。ハギマは今は、気持ち悪いゴスの子といるみたいだけど」

「あ！　またシュートだ！　見た？………ゴスって何？」

「見た！………ほら、ハギマといつもいる、真っ黒い服の」

「あれ、ゴスって言うんだ。てっきり教会の息子かなんかだと思ってたよ」

「あんた馬鹿じゃないの？　何で、教会の息子だからってあんな格好で学校来んのよ。ただの変人よ。………あ、もう終わっちゃうんだ、練習」

「タタラギ先輩って、私立行くんでしょ？　天は二物を与えたよねぇ………あ、タタラギ先輩が汗拭いたよ」

「ほんと。消したい過去だろうね、ハギマと友達だったなんてさ………あ、タタラギ先輩がアキレス腱伸ばしたよ」

「でも、あんまりみんな知らないんじゃないの？　私も初めて聞いたよ………あ、タタラギ先輩がつまずいたよ」

「知ってても言わないようにしてるの。ハギマの話題出すと口利いて貰えなくなるらしいよ………つまずいてもカッコいいわ」

「そうなの？　あたしも気を付けよっと………ねぇ、あの、グラウンドの隅のもこもこした物、何だろ？」

「それ以前に私達が先輩と話せる事なんてないってば………ゴミじゃない？」

「そっか。でも卒業しちゃう前に一度くらい話してみたいなぁ………動物かな？」

「卒業式の日とかなら、話せるかもよ………違うでしょ、動かないもん」

「握手とか、して貰っちゃったりして、きゃー、どうしよう！………あ、先輩がもこもこに近づいてったよ」

「卒業式で見納めかぁ………あ、先輩がもこもこに気付いたよ」

「――私、決めた！　先輩の行く中学を受ける！………あ、先輩がもこもこを拾ったよ」

「はぁ!?　何言ってんのぉ!?　あんた、こないだの理科のテストも39点だったくせに、私立なんて受かる訳な

――　**ばん**　――

20××年・11月17日　〈カミヤリポーター〉

はい、こちら現場のカミヤです。

つい3日前の13日に、Y市で起きました爆発物放置事件。幼い女の子が犠牲になるという何とも、何とも、痛ましい事件がまだ記憶に新しい昨日16日、またしても、ここY市で、何者かが放置した爆発物による犠牲者が出ました。

私が今おりますのは、Y市立Y小学校前です。今日は臨時休校で、関係者以外、入る事は出来なくなっています。今回の事件は、こちらの小学校のグラウンドで起きました。

死亡したのは、こちらの小学校に通う6年生のタタラギ　ケイジ君です。

昨日、グラウンドではタタラギ君の所属するサッカー部の練習が行われていました。

えー………あちら、少し遠いのですが見えますでしょうか。あちらの、二階の端から三番目の窓ですね。あちらは視聴覚室になっているのですが、事件当時、あの窓から二人の女子生徒が、事件の一部始終を目撃していました。

女子生徒の証言によりますと、昨日午後5時半頃、あの窓からサッカー部の練習を眺めている際に、既にグラウンドの隅に不審な物が置かれてあったということで、彼女達はゴミか何かが置いてあるのだと思ったそうです。ところが、練習を終えたタタラギ君がそれに気付き、近づいて手に取った瞬間、女子生徒達のいる二階の視聴覚室まで聞こえるほど大きな音と共に、それは、爆発したのです。

サッカー部の他の生徒もその不審物を見ていましたが、やはり、13日の事件の時と同じ、うさぎのぬいぐるみであったという事なのです。

――ああ、今、新しい情報が入りました。

鑑定の結果、現場から採取しましたボアの生地、プラスチックの目玉の破片などから、爆発物が仕掛けられていたのは、大手玩具メーカーが販売している、やはり、うさぎのぬいぐるみであった事が確認されました。13日の事件の際に爆発物が仕掛けられていたのも同じ商品であるとの確認が取れたという事から、警察では同一犯の犯行とみて慎重に捜査を進めている、との事です。

タタラギ君は大変成績も良く、生徒会長なども務めていました。そして、顧問の先生までが「黄金の右足」と褒め称える、サッカー部のエースでもありました。

……爆発が起きた際に、タタラギ君の右足は大腿部辺りから千切れ、綺麗に弧を描いて2メートル離れたサッカーゴールの中まで吹っ飛んだ、という事です。黄金の右足で、シュート！　ならぬ、黄金の右足を、シュートォォォ!!………何とも、何とも、悲しみに堪えない事件です。

以上、現場よりカミヤがお伝えしました。

２０××年・11月17日　〈アキ〉

何だ、簡単な事だったんだ。

僕の作った爆弾で、二人が爆死した。

最初は、子供が。そして昨日、学校のグラウンドに置いた爆弾に触ったタタラギ　ケイジが、爆死した。

僕はいつも、自分を殺す事を考えてた。物心ついた時から、いつも。

体育が嫌いだった。遠足が嫌いだった。テレビの話が嫌いだった。キャンプが嫌いだった。ラジコンもプラモデルも嫌いだった。スニーカーも半ズボンも嫌いだった。生きている事が嫌いだった。

みんなが好きな物を好きだと思いたかったし、みんなが面白いと言うものを面白いと思いたかった。でも、思えなかった。

僕はこの世界で生きられるようには出来ていないのだと気付いたのは、幾つの時だっただろう？　いつからか僕は、どうやって自分を殺すかという事に心を砕くようになっていた。

――――でも、今、そのベクトルは、外側に向けられた。

毒薬の代わりに、マシンガンの代わりに、僕は爆弾を手に入れた。

タイト。テレビを見てる？　僕にも、爆弾が作れたんだよ。これでもう、僕は自分を殺さなくて済む。

13日に僕が道端に置いた爆弾で子供が爆死した時には、大して何とも思わなかった。

あの爆弾で本当に人が死ぬ。その事を確認出来た、それだけだった。

でも今日の報道で、昨日爆死したのがタタラギだったと知って、生まれて初めての高揚感が、僕を満たした。

僕の絵を、ヨモタ先生が褒めてくれた時。あの時も、こんな気持ちだった。僕は生きていてもいいのかも知れないと、そう思えた。ヨモタ先生の一存で文化祭に出されたあの絵は、今でも僕の宝物なんだ。

今日から学校は期間未定の臨時休校になった。朝礼を終えて、生徒は速やかに家に帰された。クミシは13日から………丁度、僕の爆弾で子供が爆死した日から、いつぞやの風邪がぶり返したとかで欠席したまま、今日まで学校には来ていない。

その日、僕は初めてメリアと話した。

メリアは僕に言ったよ。ハギマ君の家の住所、教えてくれない？　って。

メリアは僕に言ったよ。ハギマ君のお見舞いに行きたいのよ、って。

メリアは、僕に、言ったよ。あたし、ハギマ君の事が、好きなの、って。

僕はクミシの家の地図を描いてメリアに渡した。だって、初めて話せたメリアにしてあげられる、唯一の事だから。

初めて間近にした、紅潮したメリアの頬は僕の心臓を鷲掴みにして。僕は、上手く話せてなかったかも知れない。

………ねぇ、クミシ。メリアはあの日、クミシの所に行ったよね？　メリアは、クミシに何て言った？　クミシは、それに何て応えた？

………どうして、クミシ。僕に何も言わないの？　クミシは、僕には嘘は吐かない。僕を傷付けたりしない。それは、僕の勝手な思い込みなんかじゃ、ないよね？
——爆弾は、特定の人物を爆殺する事も出来るんだよ。
……お願いだよ、クミシ。僕に、クミシを殺させないで。

20××年・11月22日　〈ヨモタ　キリト〉

あーあ、もう。やってられません。毎日毎日、取材の連中は学校に押し掛けて来ます。学校内部の人間が事件に関与しているという事は考えられないか、ですって？　我々教師の中に犯人がいるとでも？　それとも、まさか生徒だとでも？　小学生に爆弾なんか作れやしませんよ。仮に作れたとしたって、他のクラスはともかく、私のクラスには、5年A組には、そんな生徒はおりません。いてもらっちゃあ困るんですよ、この私が。今日に至っては、タタラギ君はどんな生徒でしたか、ときました。そんな事は今の担任に訊いて下さいよ。私は知りませんよ。生徒の事なんて、何一つ知りませんよ。私が気に掛けるのは、問題を起こす恐れのある生徒です。私の立場を脅かす恐れのある生徒です。タタラギは成績は良かったから、気に留めちゃいませんでしたよ。去年は他の生徒の事で気を揉みっ放しだったんですから。

ハギマ　クミシ。ホシマダ　タイト。ハギマは、まだマシでしたがね。成績も悪い小生意気な餓鬼でしたけど、取り敢えず学校には来てましたしね。ふざけた格好してても、そもそもここの小学校には服装規制がないんだから別に校則違反にはなりゃしません。それなら私としては何も問題ない。中学校も校則なんて無くしてしまえばいいんです。校則がなけりゃ校則違反は起こり得ません。教師の悩みの種が一つ減りますよ。よその餓鬼がどんな大人に育とうが知った事じゃありません。とにかく、私のクラスにいる間だけは問題を起こさずにいてくれればいいんです。

頭を悩ませたのは、ホシマダですねぇ。ホシマダ　タイト。登校拒否児。せめてもの救いは、私のクラスになってからの問題じゃなかったって事でしたが。ホシマダの家に何度足を運んだ事か。理想だったんですよ。何年も登校拒否していた生徒が、私の呼び掛けに応えて登校する。さすがはヨモタ先生！　教師の鑑！　でも、あいつはやっぱりほとんど学校には来ませんでしたねぇ。クソッタレが。

そこに転校して来たのが、オギシロ　アキ。以前の学校でも内向的で問題の多かった生徒が、ヨモタ先生のお蔭で明朗快活な少年に！　さすがはヨモタ先生！　教師の鑑！　オギシロは屈折しまくってました。屈折なんていいもんじゃないですね。ありゃ、ただの変な餓鬼です。文化祭に出品する絵を描かせりゃ、気味の悪い絵を描きやがる。あんな絵を描くような餓鬼は、とっととカウンセリングでも受けさせるべきなんですよ。でも、私はそんな事は言いませんよ。他の教師の反対も押し切って文化祭にその絵を出しました。生徒の個性を尊重するヨモタ先生！　生徒からの信頼は絶大！　さすがはヨモタ先生！　教師の鑑！　結果、私は、変な生徒の描いた変な絵を褒める変な教師になっただけでした。今まで恥ずかしくてみんなには黙ってたけどな……先生、昔画家を目指した事があるんだよ。オギシロ君の絵を見てなぁ、先生、その頃の熱い気持ちを思い出したよ……なんて馬鹿みたいな大芝居まで打ったのにです。クソッタレが。得たのはオギシロの信頼だけじゃないですか。大多数の生徒と保護者の信頼がなきゃ意味ないんですよ。クソッタレが。あんな変な餓鬼一人に懐かれたところで私の給料が上がる訳でもなし。うっとうしいんですよ。クソッタレが。あーあ、もう。やってられません。大体、臨時休校なのになんで教員は出勤なんですか？　交代で校内の見回りだなんて、そんなもん用務員にやらせればいいのです。何事もある訳ないのですし……なんて言いながら、ちゃんと受け持ちのエリアは見回るんだから、私ってば嫌になる位真面目ですね。まさに教師の鑑。えーと、次は女子水泳部の部室か。あいつらは、確か部室で着替えるんでしたっけねぇ。パンツ落ちてないでしょうかね。パンツパンツパンツ………。

――おっ、これは洗濯物じゃないですか？………何だ、タオルばっかりじゃないですか。クソッタレが。おっ、これは？………靴下ですか。クソッタレが。おっ、このピンクのレースは？………ハンカチですか。実にまぎらわしい。クソッタレが。おっ、このふわふわした物は？………ぬいぐるみですか。ぬいぐるみなんか回したら、学校の備品の洗濯機が壊れ

――**ばん**――

20××年・11月23日　〈カミヤリポーター〉

はい、こちら現場のカミヤです。

世間を騒がせている、Y市の爆発物放置事件。昨日22日には三人目の犠牲者が出る事となり、事件は連続無差別殺人事件の様を呈してきました。

三人目の犠牲者となったのは、ヨモタ　キリトさん、42歳です。ヨモタさんは、先日16日に二人目の犠牲者となったタタラギ　ケイジ君の通う、Y市立Y小学校の教員を務めておられました。16日に引き続き、事件は私が今おりますここ、Y小学校内で起きたのです。

16日の事件発生から学校は休校で、事件当時学校では、見回りのために教員が交代で出勤するという形を取っており、昨日出勤したヨモタさんが見回りの最中、被害に遭いました。今回、目撃者はおらず、大きな爆発音に気付いたもう一人の教員が音のした水泳部の部室の方に駆け付け、女子水泳部の部室の中で死亡しているヨモタさんを発見したという事です。

またしても、爆発物はうさぎのぬいぐるみに仕掛けられていた事も、警察の調べによって解っています。

二件続いての学校内での犯行。そして最初に起きた13日の事件も、こちらY小学校の学区内で起きている事から、犯人はY小学校に何らかの関わりを持つ者ではないかとの見方も、強まってきています。

ヨモタさんは、大変真面目と評判の先生でした。今回、ヨモタさんは、水泳部の部室の見回りの際、籠に詰め込まれた洗濯物を調べていて、おそらくはその中に隠されていたと思われる爆発物に手を触れてしまい、被害に遭ったものとみられています。

他の教員の方にお話を伺ったところ、水泳部の部室は一昨日に自分も見回ったが、洗濯物の中までは調べなかった。生徒の身を案じ、学校を守ろうとするヨモタ先生の正義感、隅々まで手を抜かずに見回ろうという真面目さがヨモタ先生を被害に遭わせてしまった事を思うと胸が痛むと、涙ぐみながら、話して下さいました。

ここにきて警察は、今まで発表していなかった事実を明らかにしました。

13日、16日、そして昨日と三件続いた事件のいずれも、現場には赤いペンキで文字が書かれていたと、言うのです。

13日の事件の時には、爆発物が放置されてあったと思われる部分のアスファルトに、16日の事件では、同じく爆発物が置かれてあったと思われる場所の数センチ横のブロック塀に、昨日の事件では、部室の壁に、それは書かれていました。

非常に小さな文字であり、爆発によって破損した部分もあったため、解読には少し時間を要したとの事ですが、いずれの現場にもあったというそれは…………えー、フリップ、見えますでしょうか、こちらです。［爆弾うさぎ］。

［爆弾うさぎ］と、書かれてあったそうです。犯人が書き残したものにほぼ間違いは無いというのが警察の見方なのですが、［爆弾うさぎ］とは、犯人が自分のことを指し示した言葉なのでしょうか。

………発見された当時、ヨモタさんの頭部は吹き飛んで無くなっており、爆発の衝撃でスイッチが入ったと思われる洗濯機の中でぐるぐるぐるぐると回っていたそうで、ヨモタさんの頭をお急ぎコースで回した洗濯機は壊れてしまったという事です。何とも、何とも、やりきれない事件です。

以上、現場よりカミヤがお伝えしました。

20××年・11月23日　〈タイト〉

どうだ？

クミシ。アキ。テレビを見てるだろう？

だから言っただろう？　ボクの爆弾は、間違いなく人を爆殺する事が出来るんだよ。

ボクをなめて掛かってた事を、後悔してるか？

そりゃあ、してるだろうな。ボクの仕掛けた爆弾で、三人が爆死してるんだ。

もっと後悔しろ。もっともっと後悔しろ。

ボクは次にはお前らを狙うかも知れないんだぜ？　怖いか？　ボクのことが怖いか？

ボクに詫びるか？　許しを乞うか？

もう遅いんだよ。

ボクはようやく、世界の真理を見つけ出す術を知った。

数字だ。

全ては数字の中に、霊数占いの中にあったんだ。霊数占いによってボクは的確に不必要な人間を排除する事に成功した。

そして、お前らこそが、ボクの元に世界の狂いを持ち込んでいた張本人だって事も解った。霊数占いによると、クミシの霊数は9だ。〝苦〟を意味する数字だ。クミシはボクの元に苦を運ぶ。

そしてアキの霊数は4。紛れもなく、アキは〝死〟を運ぶ。

何て忌々しい奴らだ。

真理に気付く恐れのあるボクに苦と死を運ぶために、奴らは歪みの中から遣わされて来ていたんだ。どんな手を使って、ボクの拒絶反応をコントロールした？　上手くやったもんだよ。まんまと騙されるところだった。

でも、もうそうはいかない。ボクの方が、お前らに、苦と、死を、届けてやるよ。

そして、その祝福すべき事実を世間に向けてバラ撒くのは、矢、つまり、放つ、を意味する8の霊数を持つ者、いつもテレビに映るカミヤってリポーターが、適任なんだ。それは決して偶然なんかじゃない。天はボクに味方をしている。カミヤを使って真理を手にしろと。この世界を、歪みから救えと。

もっと、もっと伝えろ。

事件の事を。朝から晩までテレビに出て、伝え続けろ。

狂った世界に向けて、クミシやアキに向けて。

霊数占いは、ボクに告げている。お前らを排除する事が、ボクに安息を齎(もたら)すのだと。

そして、3と7の二つの霊数を持つ者と結ばれた時に、本当の意味で、ボクは目覚めるのだと。二つの霊数を持つものは余りいない。でも、それはボクの身近にいた。しかも3と7の二つの霊数を持つ者が。

メリアだ。メリアこそが、救世主だったんだ。

霊数占いによって不必要な人間を排除した、歪みのない、清浄な世界で、ボクはメリアと結ばれる。

そして、目覚める。

20××年・11月27日　〈カミヤリポーター〉

はい、リポーターのカミヤです。

このところY市で相次いで起きている、爆発物による連続無差別殺人事件。

まず、先月11月13日に、マチハルヤ　ナミロクロウさんの長女で、3歳のマチハルヤルチカちゃんが、その3日後の11月16日には、Y市立小学校6年生のタタラギ　ケイジ君が、そして、更にその6日後の11月22日には、二番目の犠牲者となったタタラギ　ケイジ君の通う学校で教師をしていたヨモタ　キリトさんが、相次いでこの何とも、何とも、卑劣な事件の犠牲となってしまいました。

現在解っているのは、爆発物はうさぎのぬいぐるみに仕掛けられていた事。そのぬいぐるみは、大手玩具メーカーが［ハニーバニー］の商品名で販売している量産品である事。そして、全ての事件現場には、赤いペンキで［爆弾うさぎ］と書かれてあった事。

以上の三点のみで、爆発物の出所はおろか、その製造方法までが、未だ明らかになってはいないのです。

そもそも、これは、本当に我々が思うような無差別殺人事件なのでしょうか。周到に仕組まれた、計画的殺人事件の可能性は、ないのでしょうか？

そして、謎に包まれた犯人像とは？

当番組では、この事件を独自に検証してみたいと思います。

さて、私が今おりますのは、事件の舞台となっていますY市、最初の犠牲者であるマチハルヤ　ルチカちゃんの死亡現場です。

うさぎのぬいぐるみに仕掛けられた爆弾は、この歩道脇に、置かれていました。

……事件現場にはこのように、今もお花が手向けられています。その他にも、お菓子であったり、缶ジュースであったり、様々なものが、供えられています。………オモチャやぬいぐるみも、ありますね………これは、クマちゃんでしょうか。あぁ、こちらはカワウソのぬいぐるみです………ネコちゃん………ワンちゃん………ウサちゃん………。
――え？　危ない？　何が？　ちょっとちょっと！　これから泣かせに入るいいとこなのに、カメラさん、何でカメラ止めちゃ

――　**ばん**　――

20××年・11月30日　〈クミシ〉

タイトの部屋に来るのは、どれ位振りだ？
タイトから、昨日電話があった。丁度、俺も電話をしようと思ってたところだった。
爆弾事件の事を、タイトもアキも何も言ってこない。

「アキももうすぐ来るから」

「………アキも呼んだのか？」

「いや。アキの方から電話があったんだよ、ついさっきね」

「そうか」

そうか………アキも来るのか。タイトには俺の方から電話をしようと思ったが、アキには連絡は取りたくなかった。メリアの一件を、アキは知らないだろうけれど、それでもやっぱり、アキには会い辛かった。

いや、会いたかった気もする。誰よりも、アキに会いたかった気もする。

あの一件以来俺の頭は混乱したままだ。あの女のせいだ………糞！

「………タイト、お前さ、何か俺に話でもあった？」

「え？　ないよ。ただ、学校も休校のまんまだし、最近、全然会ってなかったからさ」

「ふぅん………」

何かおかしい。タイトは、俺の腹を探るつもりでいやがるんだ。

「――あ、アキが来たかな」

「タイト、久し振り………あれ？　クミシ………？」

「おう。久し振りだな、アキ」

ああ、俺は、アキに会いたかったんだ。アキ。何で、俺の目を見ない？　お前まで、俺の腹を探るつもりか？

はっきり言やぁいいだろう？　爆弾うさぎはお前だろって、はっきり言えよ。じれったいんだよ。言いたい事があるだろう………！

ふと見た自分の袖口に、白い毛が付いてた。

うさぎのぬいぐるみの………白い毛が。

気付いたか？　アキは、タイトは、この毛に気付いてたか？　気付いただろう？　なら、どうして何も言わない？　お前らは何を企んでる？

素知らぬ顔でタイトが言う。

「そういえば、クミシ、もう風邪はいいの？」

風邪だ？………ああ、休校になる前、俺は風邪で欠席って事になってたんだった。

「ああ、治ったよ」

アキまでもが、俺の顔を見もせずに言う。

「長い事休んでたもんねぇ。風邪で寝込むと退屈でしょ。………誰かお見舞いとか、来なかったの？」

「来ねぇよ、そんなもん。お前らだって来なかったじゃねぇか。友達甲斐のねぇ奴らだよな。見舞いなんて、誰も来ねぇよ」

立てた膝の陰で、袖口に付いた毛をそっとつまんでポケットに入れながら、俺は初めてアキに嘘を吐いた。

お前らは、見たんだろ？　気付いてるんだろ？

俺が爆弾うさぎなんだよ。何でその話をしない？　テレビを見てるだろ？　餓鬼が死んだじゃねぇか？　ヨモタが死んだろう？　カミヤとかってリポーターも！

ヨモタが死んだ事で、アキは俺を責めるか？　アキはヨモタを慕ってたからな。

でもな、アキ。あいつは、お前の思ってるような先公じゃねぇんだよ。いっそ、責めろよ、俺を。そしたら、お前にも解るように俺が話してやるよ。ヨモタに限った事じゃねぇ、先公なんて人間が、どれほどくだらないか。

そうさ。俺の爆弾で爆死したのは、くだらない人間だけじゃねぇか。

あの餓鬼も、ヨモタも、変なリポーターも、三人とも……。

——待てよ。三人？　俺が爆殺したのは、本当に三人か？　四人じゃないか？

餓鬼と、ヨモタと、リポーターと、それから………。

それから、タタラギ………タタラギ？　俺は、タタラギを吹っ飛ばしちまったのか？

２０××年・11月30日　〈アキ〉

今日、タイトの家に行った。

爆弾事件は、連日テレビで報道されてる。おまけに、リポーターまでがブラウン管の向こうで爆死した。なのに、クミシも、タイトも、何も言ってはこない。

気付いてない筈はないんだ。

タイトは、僕かクミシがやったと、クミシは、僕かタイトがやったとしか思ってなくて、確信には至ってないのかも知れない。

それを確かめたくて、タイトに電話をした。

直接訊く訳にはいかないけど、顔を合わせれば、何か反応がある筈だ。

クミシには、連絡しなかった。

クミシと話せば、13日の話が出る。クミシは僕に嘘は吐かないから、僕はメリアの事をクミシの口から聞かされる事になる。それが、耐え難かった。

もう少し気持ちの整理を付けて、それからクミシに会いたかった。

なのに、タイトの家には僕より先にクミシが来ていた。

3人で会うのは本当に久し振りだったけれど、会話は弾まない。当たり前だ。

誰も、爆弾うさぎの話題を口にしない。

でも、二人に会って、解った。二人とも、僕が爆弾うさぎだと気付いてる。気付いていて、何も言わない。

どうしてなの？　僕は、二人を殺さないよ？

そう。クミシの顔を見たら、いつもの横着な口の利き方をするクミシを見たら、思えたんだよ。メリアが、クミシを好きなのなら、それは仕方のない事だし、クミシもメリアを好きなんて事はあり得ない。クミシを憎むべき事じゃないと。

本当に、そう思えていたんだ。

それなのに。クミシは、嘘を吐いた。

休みの間、誰も家には来なかったと。

クミシ。僕が爆弾うさぎだと確信して、それでも、僕に嘘を吐くの？

タイトがいたから嘘を吐いたなんて、今更言っても駄目だよ？　帰り道、途中まで二人で歩いたじゃない？　クミシは、何も言わなかった。

クミシと並んで歩いてる時、解けかけたブーツの紐を結び直していて自分の爪を見た。

僕の爪の隙間には、ペンキが入り込んでた。

事件現場に［爆弾うさぎ］の文字を書いた時に入り込んで、取れないペンキが。

クミシもタイトも、この爪を見ただろう。何も言わなかったのは、問い質す必要もない位、明らかな事だからだ。この爪を見たなら、僕が爆弾うさぎだって事は、もはや疑いようもない。

子供を爆殺したのも、タタラギも、いつもテレビに出てたリポーターも、全部、僕だ。

僕は、もう何も怖くない。何も。だって、もう何も信じちゃいないから。

タイトもクミシもメリアも……もう要らない。僕は孤独と手を繋いで生きる。

帰ったら、絵を描こう。孤独を祝福する絵を、描こう。そしてまた、ヨモタ先生に見せるんだ。

ああ、信じられるものは、まだあったんだ。爆弾と、絵と、そして唯一の理解者、ヨモタ先生。………ヨモタ先生？　ヨモタ先生は、もういない？　何故だ？

――僕だ。僕が、ヨモタ先生をこの世から消してしまった。

２０××年・11月30日　〈タイト〉

奴ら二人に会った。相変わらず上手く正体を隠していやがる。

でも、もうボクの目は誤魔化せない。

真理を手に入れたボクはもう、お前らの思うようにはならない。

二人とも、妙に落ち着きがなかった。いい気味だ。今まで散々馬鹿にしてたボクが爆弾うさぎだと知って、本人を目の前にしてるんだからな。

奴らは、何も言わなかった。爆弾うさぎの事については一言も口にしなかった。そんなにボクが怖かったか？　今にもうさぎ爆弾を口に詰め込まれる気がして、生きた心地がしなかったか？

一人ずつと会って様子を探ってやろうと思ったのに、クミシが来る直前に、アキから電話があった。こそこそこそこそと裏で連絡を取っていたくせに、アキも呼んだのか、なんて、クミシも来てたの？　なんて、白々しい演技までしやがって、どこまでもいやらしい奴らだ。

まぁ、いいさ。どうせあと少しでお前らは排除される運命にある。

ボクの周りの歪みが少しずつ消えていくのが解る。頭が冴え渡ってる。近頃じゃ何も計算しなくたって見ただけでその人間の持つ霊数が頭に閃く。

ただ、爆弾を仕掛ける場所だけは、計算をしないと出せないんだ。次の場所は、もうすぐ、決まる。

二人が帰った後、机の上に地図を出しっぱなしにしていた事を思い出した。事件現場に×印のついた地図。

奴らは、この地図を見たか？　見ただろう。もうすぐこの地図には新しい×印が付くんだよ。霊数占いによって指定された場所にな。

その場所で爆死するのは、クミシか？　アキか？

……………焦っちゃいけない。霊数の導くままに、天の導くままに、ボクは世界の歪みを正していかなければならない。

それこそが、選ばれしボクの使命だ。

メリア。君も、もうすぐ目覚める。狂いのない世界の空は、きっと、何物にも代え難く綺麗だ。その空の下で、ボク達は結婚式を挙げよう。

早く次の場所を計算して特定しなければ。そして、その事実を世間にバラ撒かなければいけない。バラ撒く事で、歪みは修正される。

報道によって不必要な人間と目覚める人間を選り分けるのは、カミヤ。8の霊数を持つあのリポーターの仕事だ。期待してるよ。

そういえばここ何日か、カミヤはテレビに映らない。最後にカミヤをテレビで見たのはいつだった？　あれは……27日。あの日、カミヤは誰の爆死を伝えていた？

――爆死したのは、カミヤ？　発信役を、ボクは失ってしまった？　計画は、失敗した？

20××年・12月1日　〈カナギシ家・隣人〉

あら、やだ。

私ったら、また作りすぎちゃったわ。どうしようかしら、この大量のポテトサラダ。

いつもそうなのよねぇ。昨日なんかつい、ハンバーグを5つも焼いちゃって。二人家族だってのに。

子供でもいればねぇ……。

お母さん、ハンバーグもうないの？ もっと食べたいな、なんて。

あらあら、そんなに食べて大丈夫？ なんて。

大丈夫だよ、育ち盛りなんだから。それにお母さんのハンバーグはとっても美味しいんだもん、なんて。

あらあら、ハンバーグだけなのかしら？ なんて。

ううん、お母さんの作るものはなんでも美味しいよ！ シチューだってポテトサラダだって世界一だよ、どんなシェフにも負けないよ、なんて。

自慢のお母さんなんだもん、なんて。

あらあら、あなただって、お母さんの自慢の子供よ、なんて。

そこで、旦那様が言うのよ。

キミは僕の自慢の妻でも、あるんだよ。なんて。

僕も、もう一つ食べたいな、自慢の妻の自慢のハンバーグ、なんて。

そしたらハンバーグの5皿や6皿すぐに片付くのに。

——現実はろくに口も利きやしない、禿げ狸みたいな亭主と二人の食卓なんだもの。

やってられないわよ、全く。

そうだ！　お隣に持って行こう。

カナギシさんとこの奥様も旦那様も、今日もまた帰りが遅いんだろうし。メリアちゃん、きっと今日も一人でお夕飯食べるんだわ。

昨日のハンバーグだって喜んでくれたもの。ポテトサラダはどうかしら？

可愛いわよねぇ、メリアちゃんて。いつもヒラヒラフリルのお洋服着て。

着せ替え人形みたい。………さらっちゃおうかしら。

おばさま、あたしをどうする気なの？　なんて。

心配しなくていいのよ、おばさま特製のポテトサラダをご馳走してあげるわ。さあ、その、ちっちゃな可愛いお口を開けてごらんなさい。はい、あーん……。

あら、やだ。変態なのかしら、私。

ピンポーン。ピンポーン。

あら、いないのかしら?………裏に回っちゃおう。

――いるじゃない、いるじゃない。うさぎのぬいぐるみなんかで遊んじゃって、ホント可愛いわ。

メリアちゃん! メリアちゃん!………聞こえないみたいね。窓叩いてみようかしら。

びっくりさせちゃうかしら。でも、びっくりした顔がまた可愛いのよねぇ。

コン、コン。もっとかしら。コン、コン、コン。こっち向いて、私のうさぎちゃん。

あら、やだ。変態だわ、私。

コンコン、コンコンコンコン。ドンドンドン!

「メリアちゃん! サラダ持って来たわよ! おばさま特製ポテトサ

――ばん――

20××年・12月1日　〈クミシ〉

だから言ってるじゃねぇか。俺が爆弾うさぎなんだよ。

何で自首して来たかって？　それは………タタラギを爆殺しちまったからだよ。

俺は………何でグラウンドなんかに爆弾を置いちまったんだ？　タタラギが爆弾を手に取る可能性を何で考えなかったんだ？………馬鹿だよ、俺は。

タタラギとは、いつかもう一度笑って話したかったんだ。俺から離れて行った事も、俺は別に怒っちゃいなかったって、言いたかったんだ。それなのに………何でこんな事になっちまったんだよ………！

………他の三人の事は、何とも思わねぇよ。タタラギさえ殺しちまわなければ、俺はもっともっと爆弾を作ってただろうよ。アキは、ヨモタの事をいい先公だと思ってたみたいだけどな、あいつは駄目だ。偽善者の匂いがプンプンしてやがる。アキには言えなかったけど、アキはあいつの善人面に騙されてただけだ。あいつはアキの事を理解なんてしてなかった。理解のある振りをしてただけだ。

アキは本当の理解者を求めていたのに、アキを、アキを、侮辱するような真似しやがって。死んで当然だ。アキの本当の理解者になれるのは、俺だけなんだよ！

もしアキが望むんなら、俺は何人だって吹っ飛ばしてやるつもりだったさ。

………ああ、そうか。俺は、俺のためじゃない、アキのために、爆弾を作ったのか。

――――何？　刑事さん、今何て言った？

………俺が嘘を吐いてるって？　俺は犯人じゃないって？　俺の言ってる事を信じてないのか？　刑事さんも見ただろ？　俺の服に付いてた毛を。さっさとあれを鑑定にでも何でも出してくれよ！　そしたら、俺が爆弾うさぎだって証明出来るんだ！

――――何？　服に付いてたのは爆弾を仕掛けたぬいぐるみの毛じゃない………？

ふざけた事言ってんじゃねぇよ‼　じゃあ、あの毛は一体何だってんだよ‼　ぬいぐるみの毛だろうが‼　白い、うさぎの――――………グレー？　爆弾うさぎの使ったうさぎのぬいぐるみは、グレー………？

………俺の、勘違いだ。確かに、ぬいぐるみはグレーだった。服に付いてたのは、他の物の毛だよ。でも‼　爆弾うさぎは俺なんだ‼

餓鬼を吹っ飛ばしたのも、ヨモタを吹っ飛ばしたのも、テレビに出てたリポーターを吹っ飛ばしたのも！………タタラギを、吹っ飛ばしたのも、俺なんだ！
信じてくれよ！
俺なんだ。俺が、爆弾うさぎなんだ！

20××年・12月1日　〈アキ〉

ええ、僕がやりました。
道端に爆弾を置いたのも、学校に爆弾を置いたのも、僕です。
学校の奴らはみんな、嫌いでした。あいつらはうるさい。あいつらは馬鹿だ。
友達は、クミシとタイトだけでした。
でも………クミシはもう友達じゃない。
クミシは、僕に嘘を吐いたんです。一番赦せない嘘を。
自首しなかったら、僕は、次はクミシを殺してたかも知れません。
自首したのは………ヨモタ先生を殺してしまったからです。

ヨモタ先生は、唯一、僕の事を理解してくれた先生でした。僕はよく、描いた絵を先生に見せに行きました。6年になってヨモタ先生が担任じゃなくなってからも。

先生はいつも、嫌な顔一つせずに僕の絵を見てくれました。楽しみにしててくれてたんです、僕の絵を。オギシロは、画家になるべきだ、なんて言って。

そんな風に言って貰えると、ヨモタ先生のいるこの学校に転校してくる事が出来て本当に良かったって、いつも思いました。

そのヨモタ先生を、僕は………。

他の三人を爆殺した事は、後悔してません。そうしなければ、僕はきっと、いつか自分自身を殺してしまってた。

………ああ、でも、本当はそうするべきだったのかも知れません。だって、僕はヨモタ先生を殺してしまった。

僕はもう、絵は描けません。

――いえ、慰めはいいんです。僕がやったんです。僕が爆弾うさぎなんです。

………もしかして、刑事さんは信じてないんですか？　当の本人がこう言ってるのに？

刑事さんにも、見せたでしょう？　ほら、僕の爪の隙間に入り込んだペンキを！　赤いペンキを！　現場に文字を書いた時に付いた赤いペンキを！

――え？　ペンキじゃない？………絵具？

僕の手に付いてたのは絵具だって言うんですか？　そんな馬鹿な。だって、洗っても洗っても、落ちなかったんだ！　まるで、怨念の籠もった血みたいに！　洗っても洗っても！

――自分で、付けた？　何度も？　何度も？　そんな。そんな事がある訳が無い！

僕なんです！　信じて下さい！

僕が、爆弾うさぎなんです！

20××年・12月1日　〈タイト〉

警察は、気付いてたんでしょう？

ボクが爆弾うさぎだって。見当は付いてたんでしょう？

近々来るだろうとは思ってたのに、一向に来やしない。だから、ボクの方から出向いたんですよ。もう、いいんです。計画は、失敗した。もう、終わりです。

……終わりなんだ！　ダメなんだ！　事件の事を伝えるのは、あのカミヤってリポーターじゃないと！

――何故って、決まってるじゃないですか。さっきから話してる、霊数占いですよ。

ねぇ、刑事さん、数字ってねぇ、凄いんですよ。１つの数字の中に、あらゆる意味が隠されてるんですよ。

ボクはねぇ、霊数占いによって、色んな事を知りました。誰が必要のない人間で、誰がそうでないか、数字が全部教えてくれるんです。

霊数占いで出た場所に爆弾を仕掛ければ、間違いなく不必要な人間を消す事が出来るんです。ただ、最後のは、失敗でした……何処かで計算を間違えた！

テレビを通じて事件の事を世間にばら撒くのは、カミヤじゃなきゃいけなかったのに！

――はぁ？　何言ってるんですか、刑事さん？

ボクですよ。ボクが、爆弾うさぎですよ。

さっき、見せたでしょう？　×印の付いた地図を。ボクが犯人でなけりゃ、あんな物持ってる筈ないでしょう？

――――後から書いた？　×印を？　事件の後に？　はは、確かにそれなら誰だって言えますね、自分が犯人だって。

――――部屋から出ていない？　ボクが、最初の事件の起きた日から、1度も………？

ボクの両親がそう言ってる？

そんな………そんな訳は無い！　あいつらは、ボクを邪魔だと思ってる！　ホシマダ家の恥だと思ってる！　あいつらが、そんな、ボクをかばうような証言をする訳は無いんだ！

………ああ、でも、だからか。ボクが犯罪者だと解れば、自分達の立場が悪くなるから、だから、だから、そんな見え透いた嘘を吐くんだ。そうとしか考えられない。あいつらはいつもいつもいつもそうだ自分達の事しか頭に無い世間体の事しか頭に無いボクの事なんか頭に無い愛情なんか無い無い無い無い無い何にも無いんだ。………刑事さん、何でそんな目で、ボクを見るんですか？　何でそんな哀れんだ様な目で、ボクを見るんですか？　ボクの方が、嘘を吐いてると思ってるんですか？　それとも、ボクの気が狂ってるとでも思ってるんですか？　そうなんですか？

そうなんですか!?　そうなんですか!?　そうなんですか!?

こうして真実を話しているのに！

ボクが、爆弾うさぎなのに！

2××年・12月2日　〈メリア〉

——え？　喋れるかって？

喋れるわよ。吹っ飛んだのは両手だけなんだから。

筆談は出来ないけどね。口で喋れって言うんなら喋れるわよ。見りゃ解るでしょ。

参ったわよ。吹っ飛ばしてやるはずの隣のババアのせいで自分の手吹っ飛ばしてりゃ世話ないわよね。

隣のババア？　そうよ、吹っ飛ばしてやるつもりだったわよ。

変態なんだもの、あいつ。毎日毎日、夕飯のオカズなんか持って来ちゃって。あんな変態に隣に住んでられちゃ、いつさらわれるか分かったもんじゃないわよ。危ないったらありゃしない。

そう、狙ったのはあのババアだけよ………正確には狙おうとした、ね。失敗しちゃったわ。ババア用の爆弾作ってるときに当の本人が窓叩くんだから。びっくりしてスイッチ押しちゃったのよ。

スイッチはね、設置してから押さなきゃならないのよ。静止した状態で、スイッチを押す。押したら、次に持ち上げた時に爆発する。

それを手に持った状態で押しちゃったんだもの、慌てない方がおかしいでしょ。放り投げたけど、間に合わなかったわ。

――え？　だから言ってるじゃない。狙ったのはあのババアだけ。最初の子供も、タタラギも、ヨモタも、カミヤとかってリポーターも、たまたまよ。

たまたま、あたしの仕掛けた爆弾に触って、たまたま、死んだのよ。

人が死ぬ時なんて、大抵そうじゃないの？

――動機？　何の？　無差別殺人を犯した動機？

――理由？　何の？　うさぎのぬいぐるみに仕掛けた理由？

刑事さん、頭、悪いの？

動機や理由なんて、ないのよ。

大人はいつもそうやって動機だの理由だのを求めるから、嫌んなるのよ。

期待に添えなくて悪いんだけど、学校にも、家庭環境にも、何の不満もないわ。

勿論、コンプレックスもないわよ。可愛すぎて困っちゃう位。

顔はかすり傷だけだったたってのは、奇跡ね。カミサマはやっぱりあたしの味方だわ。

両手は吹っ飛んじゃったけどね。あのクソ忌々しいババアのせいで。

でも、大して気にしちゃいないわ。五体満足な不細工よりも、両手の無い美女の方に、世間は優しいもの。そうでしょ？　刑事さん。

だから、動機や理由なんて、ないの。

無差別殺人事件を起こしてやろうとも思ってなかったわよ。

触ったら爆発するうさぎ爆弾を、あちこちに置いただけよ、あたしは。

でも、確実に人が吹っ飛ぶから、今度からは狙いを定めてやろうと思ったのよ。隣のババアが第一号になる筈だったのに。

次？………そうね、予定では、ハギマだったわ。同じクラスの、ハギマ　クミシ。

あたしが好きだって言ってやってんのに、見向きもしないのよ？　あいつね、オギシロって子の事が好きなのよ。何でこのあたしが、あんな暗いだけの、しかも男に、負けなきゃなんない訳？

——自首？　誰が？

ハギマが？

オギシロも？

ホシマダ………って、誰？

ああ、あの、滅多に学校来ない電波系ね。あいつも？　あいつら三人が三人とも、自分が爆弾うさぎだって？

ふふ………ふふふ。………あはは………あははははは!!

………あーぁ、可笑しい。涙出るわよ、もう。

——え？　何であいつらがそんな事言うのか解らない？

——あたしをかばってるのかも？

刑事さん、頭、悪いの？

かばうも何も、あいつらはあたしが爆弾うさぎだなんて気付いちゃいないわよ。

三人とも、本気で思い込んでんのよ。自分が爆弾うさぎだって。

男って馬鹿よねぇ。「自分にしか出来ない事」だとか、「自分がやるべき事」だとか、そういうの大好きで。

そんなもの何ひとつありゃしない。ただの幻想だって、知らないのよ。

ヒーローになりたかったのね。ダサいったらないわ。

爆弾うさぎはヒーローなんかじゃないのに。

（爆弾うさぎは、俺なんだ！）

（爆弾うさぎは、僕なんだ！）

（爆弾うさぎは、ボクなんだ！）

（爆弾うさぎは!!）

（爆弾うさぎは!!）

（爆弾うさぎは!!）

――爆弾うさぎは、あたしよ。

鴉

――ほら、また。キッチンで、卵の割れる音がする――。


運命。

そんな陳腐な言葉で、君の事を語ってしまったとしたら。

君は、笑うだろうか？　それとも、機嫌を損ねてしまうだろうか？

――どうか。どうか、前者であるように。

そして、僕の想いも、僕と君との間で起きた、どうしようも無かったあらゆる出来事も、全て笑い飛ばしてしまって欲しい。

お願いだから。


彼女を初めて見たのは、あれは、そう。普段あまり利用する事の無い、駅前の交差点。

六月も終わりに近づき、殺人的な太陽はギラついているのに、長袖にロングスカート。

頭の先から爪先まで、全身黒ずくめの彼女。

中途半端に田舎のこの街中では明らかに異質で、嫌でも目を引く彼女は――。

日常の、破れ目。

不意に耳を衝く救急車のサイレン。

通学路に転がった動物の死体。

転倒し血を流して笑う老人。

死にかけの易者。

そんな物達と同様の、日常の破れ目。

ゴミ溜めみたいな群集の中で屹立し、周りをちらりとも見ずに、早足で闊歩する彼女。

クラクラする程格好良くて、僕は叫んだね。

心の内で、密やかに。

「………見つけた！」

別段、捜してもいなかったものを見付けられる幸運に、人はたまに巡り合う。

それらの全てが果たして本当に幸運と呼べるものか否かは、神のみぞ知る処なのだろうけれど。


その日から3日間、僕は連日駅前に出向いて彼女を捜した。

3日目に再び見付けた彼女は、やっぱり黒の長袖に黒のロングスカート。

見事な真っ黒けぶりだ。

――――信号は？

赤。

僕は駆け出して、彼女の肩を叩いた。

「ねぇ、あの………」

振り向いた彼女の、僕を見たその眼。

只の、〈物〉を見るような眼。

電池が切れてるのか？　スイッチがオフになってるのか？　何の感情も伴わない眼で、見つめられる事、数秒。

そこら辺の植え込みの木。ガードレール。電柱。

そんな物の一部になってしまった錯覚に包まれて、次の言葉は出て来ない。

信号が、青に変わる。

彼女はやっぱり只の〈物〉から眼をそらすみたいにくるりと向き直り、歩き出した。

僕を置き去りにして。

オッケー、やっぱり彼女は素敵だ。

無意味に媚を含ませた拒絶をしてみせる女にも、嘘の拒絶をコーティングした媚を振りまく女にも、ハンマーで頭を叩き割ってやる労力も惜しい位うんざりしてる。

思った通りだ。彼女は、僕が見つけるべき探し物だった。


そして、僕が彼女と会話を交わすまで、あと、5日。


僕は懲りもせず駅前の植え込みに腰掛けて、彼女が通るのを待った。

僕は、犬が嫌いだ。中でも忠犬ハチ公なんか格段に嫌いだ。

自分に尻尾が生えてきてしまう気がして吐き気がし始めた5日目に、僕は三度目、彼女を見付けた。

尻尾は………まだ生えてはいない。

声を掛けると、振り向いた彼女の眼は、相変わらずのスイッチ・オフ。

「――よかったら、ちょっと話さない？　時間ある？」

前回よりも長い長い時間をかけて、まじまじと僕の顔を見つめる彼女。

一瞬、僕の上から下まで視線を走らせて彼女は一言だけ、言った。

「いいわ」と。

そして僕達二人は彼女が渡るはずだった交差点を引き返して、駅前のチンケでみすぼらしいファストフードに入った。

向かい合って座ってはみたものの、僕たちはかなりの時間、黙ったままだった。果てしなく凝固する沈黙。

彼女はといえば、気詰まりに思っているのかどうかさえ解らない。なにせ、スイッチ・オフなんだから。

――それとも、最初から壊れているのか。

どう見ても未成年だろうにチェーン・スモーカーなのらしい彼女が4本目の煙草に火を点けた時、ずっと止めてた息を吐き出すみたいな気持ちで、僕は口を開いた。

「こんな簡単に付いて来ちゃっていい訳？　僕が怪しいもんだったらどうすんの？」

「貴方は怪しい者なの？」

「………いや。違うけど。でも、思わなかった？　例えば、ほら、宗教の勧誘とかさ」

「貴方は宗教の勧誘なの？」

「………いや。違うけど。じゃあ………どうして僕と話してもいいって思ったの？」

「そうね………何故かしら？………ああ、多分貴方が変な格好をしていないから、ね」

「変な格好？」

「変な半ズボンとか、変なサーフブランドのTシャツとか」

――確かに、僕は変な半ズボンは穿かない。サーファーでもないから、サーフブランドのTシャツも勿論着ない。

でもね、この街じゃあ、ボンテージパンツにラバーソールを履いてる僕の方が、余程、変なんだよ？

そして彼女もかなり変だ。

彼女の身体に、色は全く乗せられていない。

スタンドカラーの黒のブラウスはきっちりと上まで釦が留められている上、長袖で、肌が見えてるのは極端に華奢な手首から先と、胡粉を塗り込めたように青白い顔。眼の周りの黒いシャドウのせいで、顔色は更に悪く見える。バサバサで不揃いのショートボブは、おそらくわざわざ染めているんだろう。不自然な程黒く、艶が無い。そして、くるぶしまで隠すぞろりと長いスカート。

敢えて色で彼女を語るならば、彼女は、タナトスの色の塊。

窓の外を見てみなよ。

カラフルでカジュアルでチープな、ゴミ溜めの連中を。

それらを嘲笑う、彼女は、黒ずくめの、鴉だ。

「カラス……みたい、だよね」

僕がそう口にすると、彼女は煙草を持つ手を宙に止めたまま、クスクス笑った。

出逢ってから初めての、スイッチ・オン。ほんの一瞬の。

凝固が、解ける。

そう、そして彼女は言ったんだ。

「じゃあ、あたし、今日からカラスになるわ。そう呼んで?」

そして、僕がカラスに触れるまで、あと、１７３日。


僕とカラスは度々逢うようになった。

連絡先を教えあった訳ではない。駅前の植え込みに座っていると現れるカラスに、僕が声を掛ける。

カラスが交差点に姿を見せるのは大抵、午後の一時から二時半の間。二時半を回ってもカラスが現れない日は、僕はさっさと引き上げた。しつこいようだが、僕は忠犬ハチ公が大嫌いだ。ほぼ決まった時間に交差点に現れるカラス。

カラスは何らかの目的を持って交差点を渡ろうとしている、そう考えるのが妥当なんだろう。

けれど、カラスは僕が声を掛けると、さして躊躇（とまど）う様子も無く渡る筈だった交差点を引き返し、いつも僕たちは最初に話したファストフードに入った。

連れ立って何処かへ行く訳でもなく、飲み物だけの注文で何時間も話し込む。僕が店員なら、アイスティーに唾のひと吐きでもしてやりたいような客だ。

何度逢っても、カラスは本当にカラスだった。

黒ずくめの服。血の気を感じさせない、小作りに整った顔立ち。スイッチの切れた眼差し。

カラスの素性なんてどうでもよかった。

年齢を訊いたところで、名前を訊いたところで、それは、僕とカラスが過ごす時間とは、全く別の次元の事のような気がした。

そう、僕はまだ、カラスの本当の名前すら知らなかった。

カラスは、嫌いな物の話しかしなかった。

あれが嫌い。これは嫌い。それも嫌い。

通りを歩く人の持つバッグの色ひとつにまで、親の仇を罵る位の口調で「嫌い」と言う。

その場所でカラスが唯一話した、好きな物。

一本の映画。

――丘の上のゴシックな城に住む発明家に造りだされた、鋏の両手を持つ人造人間の映画を、カラスは好きだと言った。

「あの、鋏男の名前、何て言ったたっけ？………思い出せないな」

「エドワード、よ。エドワード・シザーハンズ」

「何年も前に観たっきりだけど、あの映画のいいところは………ハッピーエンドじゃないところなんだろうな。鋏の手では愛する人を抱き締める事も出来ない。悲劇の主人公エドワードは結局、丘の上の城に帰るしかない」

「………エドワードの悲劇はね、愛する人を傷付けてしまう事じゃないのよ。それも確かに悲劇だわ。でも、彼の本当の悲劇はそんな事じゃない。エドワードの顔は………傷だらけなの。自分で自分を傷付けてしまう。それが、彼の本当の悲劇。エドワードは傷だらけ。顔や、身体だけじゃなく」

嚙み締めるように話すカラスの言葉に、僕は何故か、確信したんだ。

これは、多分、〈誰か〉がカラスに話して聞かせた言葉だろう。

幾多の時間をカラスと過ごすうちに、薄々感じてはいた。

カラスは、〈誰か〉にひどく影響を受けてる。そしてその〈誰か〉とは、決して僕の邪推なんかではなく、男だ。

――いいさ。構わない。

ある日、僕が駅前に行くと、いつも僕がカラスを待つ植え込みの所に、カラスが座っていた。

カラスの方が、僕を、待ってたんだ。そんなのは、初めての事だった。

「どうしたの？」

「どうもしないけど」

僕の顔を見もせずに、応えるカラス。

「僕を、待ってた？」

カラスは黙って頷いた。僕たちはいつものようにファストフードに入ったけれど、カラスは悪態を吐くことも無く、話しかけても生返事しかしない。

嫌な、凝固の音がする。

「何かあった？」

「別に」

「何か話したくて、僕を待ってたんじゃないの？」

「………たとえ何かあったにしたって、話しても、どうにもならないでしょ？」

「どうにもならなくたって、聞いてあげる事位は出来る」

「嫌よ」

「僕には、何も聞かせてもらう権利は無いわけだ？」

「………権利とか言わないで」

――――解ってる。今の物言いは、あんまりだった。僕に権利など、ある訳が無い。権利など、何一つ。

「あたしに何があったって、貴方には関係の無い事だもの。確かにあたしは貴方を待ってた。逢いたいと思ったからよ。でも、それと、あたしが貴方に心の内を話す事とは、全く別の事でしょう？　あたしの問題は、あたしだけの問題よ。もしも今あたしが死ぬ程辛いとしたって、矛先を向けられたなんて思われて疎ましがられる位なら……腹搔っ捌いて自害した方が百倍マシよ」

——矛先を向けられた？　そんな風に、僕が思うって？

その言い草はないんじゃないのか？

僕に疎ましく思われる事が怖いから、嫌われたくないから。そんな甘ったるい意味に受け取るには、余りに刺々しいその口調。

そう。僕は、不愉快な気にさせられた筈なんだ。それなのに、僕の口から出た言葉は、自分でも呆れるようなものだった。

「僕の部屋に、行こう」

僕の部屋にカラスがいる。それは不思議な光景だった。

チェッカーフラッグ柄のカーペットの上にぺったりと座り込んだカラスを、僕はベッドに腰掛けてぼんやり眺めた。

「……………やっぱり、話さない？」

「話さない」

「そうか。解った。話さない君を、僕は肯定するよ。君のためになんて言う気はないけどね。僕のためにだ」

――そうだった。僕は確かに言った。僕は、君を、肯定する、と。

守りきる覚悟も無くそんな言葉を吐く事が、どんなに愚鈍な事かに気付きもせずに。

眼に見えない程大きな何者かに動かされてでもいるかのような、まるで人形ごっこのような、安易な、どうでもいい展開。

それでも僕は、カラスと寝た。

僕達は、セルロイドの人形だ。硬く、冷たい、セルロイドの。

極めて静かに流れた一連の時間の中で、カラスは声すら上げなかった。

白いシーツの上。唾液塗れ濡れ鴉。

セックスなんて犬でも出来るさ。そんな事で何がどうなるとも思わない。

………それでも、カラスは幾分、饒舌になったのではなかったか？

僕の唾液が、乾く頃には。


そして、僕がカラスの本当の名前を知るまで、あと、6時間。


僕たちは、駅前で待ち合わせるようになった。

待ち伏せる、のではなく、待ち合わせる。お互いの連絡先………そしてカラスの本当の名前も知ってからは、ファストフードには入らずに、いつも僕の部屋で過ごした。

カラスの本当の名前を知った事は案の定僕に何の感慨も与えず、相変わらず僕は、カラスをカラスと呼んだ。

カラスの方も、相変わらずのカラスのままだった。出逢った時と同じ黒ずくめの服を着て、嫌いなものを罵った。一緒に過ごす時間が増えた分、好きなものの話をする事もあったけれど、カラスの好きなものは数少ない。同じ本の話、同じ映画の話ばかりを、カラスは繰り返した。

そしてその度毎に、僕の脳裏には、見知らぬ男が現れる。

カラスの本当の名前を知る少し前、僕は努めて無感情に、男の存在を尋ねた事があった。

カラスも極めて無感情に、その存在を認めた。

「彼が、あたしの世界の全てよ」なんて、僕が無感情を放棄してしまいそうな台詞まで添えて。

でも、僕はその男についての詮索の方を放棄した。僕が惹かれてるのは、今目の前にいるカラス。誰のためなんて、どうでもいいんだ。カラスがエキセントリックを演じ切る事を、僕は望んでた——筈だった。


そして、僕がその男と顔を合わせる事になるまで、あと、１２６日。


「アン・ライスなんかも読むの？」

本棚に無造作に突っ込まれた文庫本の一冊を手に取って、カラスが言う。

「俗っぽいと思ってるんだ？」

「そんなこと無いけど。あたしもこれ読んだし」

「アン・ライスが………っていうより、ヴァンパイアものが好きなんだよね。前にも話したけど。ヴァンパイア・ホラーとパンクって通じる所があったりするしね。ダムドとか。ほら、見ての通りのパンクスだし」

「見ての通り、ね。ほんと」

カラスはクスクスと笑う。こういうときのカラスは本当に――――可愛い。

「ビデオも、ヴァンパイアものが多いね。あたしも持ってるやつも結構ある………」

「ノスフェラトゥ………持ってる?」

「ノスフェラトゥ?」

「そう。フリードリヒ・ヴィルヘルム・ムルナウの『吸血鬼ノスフェラトゥ』の、リメイクなんだけど。クラウス・キンスキーが主演のやつ。無いんだよねぇ、なかなか」

「ノスフェラトゥ………あたし、売ってる所、知ってる」

「え?　この辺で?」

「うん………割と近くよ。あの駅から歩いて行ける。あたしの、バイト先………」

「バイト?　君、アルバイトなんかしてたんだ?　何か………似合わないな」

「今は、行ってないの。前に、ちょっとだけ」

——駅から、歩いて………。ああ、それでカラスはいつも決まった時間にあの交差点に現れたんだ。だとしたら、無断欠勤が原因でクビになったんじゃないか？

「……今から、行く？」

「君も？　一緒に？　行き辛いとか……ないの？」

「……どうして？　どうしてそんな風に思うの？　行き辛くなんかないわよ。行きたいでしょ？　だったら行こう。ね？」

「そう………じゃあ」

出がけにカラスの独り言を耳にした。

カラスは呟いた。「ある訳ないじゃない。行き辛いなんて」

自分の勘が鋭いかどうかなんて、これまでの人生で考えた事は、余り無かったけれど。

駅前の交差点を渡って15分程行った路地を曲がった所に、その店は在った。

外壁のコンクリートが剥き出しのその店の名は、〈ヴィンセント〉。

エドガー・アラン・ポー原作の〈アッシャー家の惨劇〉や、〈黒猫の怨霊〉の映画で主演した往年の怪奇俳優、ヴィンセント・プライスの名前でもあり、そのヴィンセント・プライスを敬愛するティム・バートン……カラスの好きな〈シザーハンズ〉の監督の、初期の短編映画、モノクロ・ストップモーション・アニメのタイトルでもある。

「こんな所に、こんな店があったんだ……」

狭い店内にびっしり並べられた、ゴシック・ホラー・テイストな物、物、物。

それこそ、ヴィンセント・プライスが出演した映画のビデオや、ＤＶＤ。

ドラキュラ、フランケン・シュタインなんかのモンスターもの。

僕の捜してた、クラウス・キンスキーの〈ノスフェラトゥ〉。

ホレス・ウォルポールやメアリー・シェリー、ジョン・ポリドリを筆頭とする、ゴシック・ロマンス小説。そしてそれらの主人公である、愛すべきモンスター達のフィギュア、ポスター……。

カラスにバイトなんか似合わないと言ったけれど、これなら納得する。この空間にカラスの出で立ちは、しっくりと嵌まる。

僕達の他に、客はいない。

奥のレジに男が一人、座って本を読んでいる。接客する気は、全く無いのらしい。

その黒ずくめの男……カラスと同じ全身黒ずくめの男は、僕達が店に入ってからゆうに3分は経った頃にようやく本から目を上げた。

「いらっしゃい。久し振りだな、カオリ」

――――カオリ。

その男はカラスを本名で呼んだ。

大方予想していたその展開は、それでも思ったよりほんの少し余計に、僕の神経の何処かに喰い込んだ。

「………カオリの彼氏？」

男は僕を顎で指し示した。癇に障る筈のその仕種に僕は一瞬、見とれた。

多分僕より六つか七つ、カラスより十近くは年上だろう。綺麗な男だ。特に顔立ちが女っぽい訳でも、並外れて造作が整ってる訳でもない。どちらかと言えば骨っぽい造りだし、無精髭も見える。それなのに妙な優雅さを感じさせる男の立ち振る舞いに、僕の神経の何処かに喰い込んだものは、更に奥へと捻じ込まれる。

――――直感。予感。確信――――

奔放なくせに品のある全身黒ずくめの男。この男こそが、カラスの世界の全てなんだ。

「そんなんじゃ、ないわ。………新しいバイトは、決まったの？」

「いいや。元々バイトなんか置く気ないからさ。お前だから雇っただけの事で。………バイトらしい仕事してんのなんか、見たことないけどな」

男の言葉をカラスは、そこら辺の本をパラパラ捲りながら、何の気なさそうに聞いている……ような振りを、装っている。その実、手に持った本なんかには、微塵の神経も回っちゃいない。

さっきからずっと見ているビデオのパッケージが、視界に入っているにも拘わらず何の認識も出来ない僕と同様に。

「まあ、お前の席は空いてる訳だからさ。また暇潰しにでも働きたかったらいつでもどうぞ。安い時給でよかったら」

「………考えとく」

「彼とデートで、暇なんかないか」

「だから、そんなんじゃないってば」

その時のカラスの睫毛の端に、ほんの、ほんの少しの、媚の欠片みたいなものが見て取れた気がするのは――――、今になって思う事だからだろうか？

帰り道、先にロを開いたのはカラスの方だった。

「さっきの彼、なの。前に言ってた人」

「ああ、そうだと思った。すぐに解った」

「そう」

「うん」

――それ以上、僕はヴィンセントの男について話す気は無かった。嫉妬は、犬の感情だ。僕の大嫌いな、犬の感情だ。

駅前の交差点に出る角を曲がった時に、カラスが不意に足を止めた。

「ん？　どうしたの？」

「カラスが……」

「え？」

「鴉が、潰れてる」

「ああ……ほんとだ」

車道の真ん中で、鴉が車に踏まれ、踏まれ、踏まれ、アスファルトにへばり付いている。

夕刻、静けさの中の、ちっぽけな破れ目。

僕の手には、ヴィンセントの紙袋。

お近づきの印に――そう言って、ヴィンセントの男はビデオを半額にしてくれた。ずっと観たくて捜してた、クラウス・キンスキーのノスフェラトゥのビデオ。

犬の感情に身をやつすつもりは、僕には無い。

でも、僕はこのビデオを、多分、一生観ない。


そして、カラスが僕と暮らし始めるまで、あと、82日。


一緒に暮らそう。そう僕が言った時、カラスはどんな顔をしたのだっけ？

――自分で思うよりもっと沢山の事を、僕は忘れてしまっているのかも知れない。多分、本当に重要だった筈の事ばかりを。

記憶の回路は、ギシギシと軋む。


3部屋ある僕の部屋の一室は、カラスの部屋になった。カラスが持ってきた物。携帯電話や財布や化粧品の入ったバッグの他には、見慣れた黒い服が、10数着。本を何冊かに、

〈シザーハンズ〉のビデオ。

僕の余った布団をカラスの物にして、夜には僕達はそれぞれの部屋で眠った。

未だ続いているカラスのヴィンセントの男への執着だけが、僕を焦らせたなんてことじゃあない。確かに、それも要因の一つではあった。みっともない事に。

けれど大きな要因は、僕の部屋に来るようになったカラスが段々と自分の家に帰りたがらなくなった事だ。

自分の家の話をカラスはほとんどしなかったけれど、母親と二人暮らしで、その母親の事を「あの頭のおかしい女」と呼んだ。そして、今は別々に暮らしているという父親の事をとても慕っていた。

カラスは大抵の時間を自分の部屋か、居間で毛布にくるまって過ごしていた。

――――只、ヴィンセントの男に逢うためだけに、カラスは出掛けた。

1週間連日出掛けたかと思えば、反対に2週間以上も家から出ない時もあった。それらはおそらく全て、ヴィンセントの男の都合によるものなんだろう。

僕のカラスは………僕の愛するカラスは、ヴィンセントの男からの連絡だけを、じっと待ち続けていた。

待ち続けながら、僕と暮らしていた。

――僕はカラスに言っていなかった。僕が忠犬ハチ公が大嫌いだって事を。

もっとも、言ったところで、カラスはこう答えただろう。「だから何?」って。そうだろ?

暮らし始めて2ヶ月も経った頃、カラスが僕に尋ねた事があった。そう、ちょうど、今は何時? って訊くような調子で。

「貴方って、仕事とか、してるの?」

「………してるよ、一応」

「ふうん。毎朝出掛けたりしないから」

「家でも出来る仕事だから。っていうか、ここが、仕事場兼自宅。だから仕事で家から出なきゃならないのは週に1回程度」

「何の仕事?」

「家具のデザイン。駆け出しだけど」

「そうだったんだ」

「僕の歳じゃ、駆け出しなりに成功してる方だとは、思ってるけど」

知り合って1年以上が経つのに、カラスは僕の仕事すら知らなかったんだ。僕だって何ヶ月もカラスの名前すら知らなかった訳だけれど。

「だから、変わった家具ばっかりなんだ……ねぇ、あれも貴方が作ったの？　ほら、貴方の部屋の、赤い……」

「椅子？」

「そう」

「あれは……試作品なんだ。ゴテゴテし過ぎて評判悪くて。最終的にはもっとシンプルになったんだ。だからあれは、没になったやつ」

「あれで可愛いのにね。最初見た時にいいなと思った」

「あげるよ、君に。部屋に持ってって使いなよ。座り辛いけどね、何せ没になったやつだから」

「いいの？　有難う」

　その特有の気紛れさで、カラスは時に僕のベッドに潜り込む。そんな時には、間違った事なんて何一つ無いような気になる。

日常の破れ目であるカラスの、その両脚の隙間の、破れ目。

「君は少し、アルビノ気味なのかな？」

「………前に、アルビノのトカゲを飼ってたわ。でも、すぐに死んじゃった」

「アルビノの生き物は弱いんだよ。色素欠乏だから。猫でもさ、真っ白い猫は耳が聴こえなかったりするって、何かの本で読んだよ」

「………あたしも、そうなら良かったのに。アルビノの猫なら。そしたら、何も聴かないで済んだのに」

「僕の声も？」

「うん。貴方の声も」

墨みたいに真っ黒な鴉の羽根を毟り取ると、中から小刻みに震えるアルビノの仔猫が現れる。

そんな事を瞼の裏に思い浮かべながら、僕はカラスを抱いて眠る。

夜の間に、またカラスは僕の腕をすり抜けて自分の部屋に戻るだろう。

——夢の中で、鴉の鳴き声を聴いたように思う。

油の切れた。軋んだ声。鴉の声。


そして、カラスが僕と暮らし始めてから最初のリストカットをするまで、あと、29日。


カラスは時折壊れた。

ある明け方に外出から戻ったカラスは、キッチンに入るなり泣きじゃくり始めた。声に気付いてキッチンを覗き込んだ僕の肩口に、生卵がぶつかって割れた。

まだ日の差さない薄暗がりのキッチンで、開け放たれた冷蔵庫の明かりをスポットライトに、カラスは次々に卵を投げ続けた。ざっと1パック分。

テーブルで、シンクで、あるものは天井で。

哀れな無精卵達は、砕けて、死んだ中身をドロリと垂れ流した。

次の日、キッチンを掃除する僕にカラスはごめんね、と言った。

「卵位で済んで良かった。卵はまたスーパーで買えばいい。卵が当たった位じゃ、物が壊れる事もそうは無い。君の気が済むんなら、卵なんか幾ら割れたって構わないんだ」

カラスが卵を割るのなら、割れた分だけ、僕は卵を補充する。

何の解決も齎さなくても、僕は、卵を、補充する。


けれど、卵の補充は出来ても、僕は外科医にまではなれなかった。

卵事件から数日後には、カラスは陳腐なドラマみたいに手首を切った。

正確には手首だけではなく、肘から下全部だ。後から解った事だが、滅茶苦茶に斬り付けられた傷は二十以上もあった。それだけは、陳腐なドラマも足元にも及ばなかっただろう。

外から戻って玄関を開けた途端に血塗れのカラスを見付けて立ち尽くす僕を認めて、横たわったままカラスは小さく言った。

「何だ……貴方なの」

外科医になれなかった僕はカラスを連れてタクシーに乗り込むと、街でも一番患者の少なそうな小さな外科医院の名前を告げた。

一日で自傷と解るカラスを大きな病院なんかに連れて行けば、確実にややこしくなる。

僕達の生活が終わってしまう可能性だって充分にあり得る。

縫合さえ出来る医者なら、ヤブ医者だって構わなかった。誤診なんて、あり得ないのだから。

病院に着くまでのタクシーの中で、膝に乗せたカラスの頭を撫でながら、僕はさっき聞いたカラスの言葉を思い出していた。

――カラス。ヴィンセントの男は、君を見付けちゃくれない。

血塗れの君を、見付けちゃくれないんだよ。そしてきっと、卵の補充だって、してはくれない。

カラスの傷は見た目程は深くはなく、その日のうちに帰る事が出来た。縫合の必要な傷も二箇所だけだった。

年寄りの医師は僕を別室に呼び、彼女とはどういう関係なのか、以前にもこういう事はあったのかなど幾つかの質問をした。僕はそれらの質問に適当に答え、後日保険証を持って来る事を了解して、病院を後にした。保険証なんて、カラスが持ってる訳はない。

病院から帰る間中ずっと、カラスは家に携帯電話を置いてきた事を気にしていた。何故あんな事を、なんて、言う気にもならない。

家に着いて確かめたところで、携帯電話に着信など、ありはしなかった。

そして、僕の中での惧れと望みの境界線が曖昧になるまで、あと、２７０日。

一緒に暮らして1年以上が経っても、カラスの生活スタイルは変わらなかった。
――卵を割ったり、手首を切ったりする事も生活スタイルと呼んで構わないのなら、の話だけれど。

カラスと暮らすことの意味などは、もう考える事も無い位、多分、僕は疲れていた。

夜中にキッチンで卵の割れる音が聴こえても、部屋から出ない事も多くなった。

手首を切っても、大抵は縫う必要もない浅い傷だと、その頃には解ってた。病院には連れて行ったけれど、心配はしなかった。

本当に心配すべきは他に在る事に気付いてはいても、それが何なのかを理解しようとする気も、いつからか、薄れていた。

明らかに未成年のカラスが、一目見て自傷と解る傷で何度訪れても、あの年寄りの医者は親に連絡を取る事をしないのか？　結局、未だに保険証を出してはいなくても、カラスの名前も、家の住所も、嘘なんかでなくちゃんと書いているのに？

――その事は疑問に思ったけれど、それらしき人物が病院に姿を見せる事も、僕の所にカラスを連れ戻しに来る事も無かった。

僕とカラスの日々は、続いた。

家から一切の刃物を無くしてしまうなんて事は、僕はしないさ。そこまでする程、カラスを愛しちゃいなかった？　そうじゃない。――それをしない程、僕はカラスを愛してた。そうじゃなきゃあ、いけなかった。

僕達の暮らしを、僕の選択を、不毛なものと呼ばないために。

僕は己を閉じ込める。欺瞞の檻に。

「君は、人としてのデッサンが狂ってる」

「狂ってない人間なんていないるの？　貴方は何処も狂ってないって言うの？　ねぇ、あたしは狂ってて、貴方は狂ってないって言うの？　ねぇ？」

――やめてくれ。もう、やめてくれ、カラス。

それでも、僕はカラスとの暮らしを終わらせる事は考えてもいなかった。

いつか、全てが良い方向に変わる。——そんな馬鹿げたことを、僕は思ってたのか？

そうなのかもしれない。多分。

多分多分多分。何をどんな言葉にしてみたって、確信は無いんだ。

僕が頼るのは、ぺらぺらに薄っぺらい、紙みたいな言葉だけ。

いっそ時が止まってしまえば。君と、このままの永遠を共にするのもいいだろう。

でも、カラス。時計は回るんだ。だから。明日は、好きな物の話をしよう。せめて、明日は。


カラスは、出掛ける事をしなくなった。部屋から1日中出て来ないことも多かった。

普通なら放って置くのだけれど、その日は丸2日経っても、食事をした気配も無かった。

僕はカラスの部屋の前で、耳をそばだてた。——まさか？　まさかな。カラスの部屋のドアを、初めて、ノックもせずにそっと開けた。

真っ白に籠もった部屋の中、カラスは居た。

カラスは居た。煙草の煙に巻かれて。

カラスは居た。僕達の日々は、まだ続く。

僕は安堵してそっとドアを閉めた。安堵の気持ちは、半分。そう、半分だけだ。もう半分の気持ちは、何だったろう?………よそう。そんなのは何だっていい。何にしたって、僕とカラスの生活は続いている。

――只、ヴィンセントからの帰り道に見たあの光景。

車道の真ん中。潰れて潰れて潰れた鴉が、脳裏に蘇る。そして、離れない。


そして、僕が溜息の吐き方すら忘れてしまうまで、あと、95日。


あの交差点。

初めて君を見付けたあの交差点がゼロ地点だったのだとすれば。あそこからやり直せばいいんだろうか?

けれど、何度ゼロに戻っても、何度でも。僕には、君を見付けずに済む自信が無いんだ。

歪んでいて、捻じれていて、壊れている、傲慢な、可愛いカラス。僕のカラス。

僕が愛するカラス。僕を愛さないカラス。

ネジを巻かなければ、時は止まるか？

ネジ。ネジを持っているのは、果たして僕か。カラスか。


その日、深夜に僕が帰ると、電気も点けずにカラスはキッチンの床に座り込み、携帯電話を手に、泣き続けてぐしゃぐしゃの、もはや見慣れた顔で僕を見上げて言った。

「電話が。繋がらないのよ。ねぇ、どうしよう。ねぇ」

溜息さえ出ない僕の口から、何の言葉も出て来る筈はない。

耳から電話を離さずに、通話ボタンとリダイヤルボタンと終了ボタンを三角形に押し続けるカラスを止める気などせず、かといって自分の部屋に引き上げる気にもなれず、暗がりのままのキッチンのテーブルに肘をつき、僕は只、眺めていた。

どうしようどうしようどうしようと呟きながら電話をかけ続けるカラスを。

途中、過呼吸の様な発作を起こしながら、それでも手から電話を離さずに、治まると又かけ、結局朝の五時までかけ続けた。

見届けた僕に残された仕事は、泣き疲れて眠ってしまったカラスを部屋まで運ぶ事。

——ああ、それから、夜が明けて鮮明に姿を現し始めた、あちこちで割れた卵の掃除だ。

蜘蛛の死骸みたいに丸まって眠っているカラスの手から電話を取ると、通話の状態のままになっている。

電波が届かないか、電源が切ってある。そんな旨の音声テープが流れている事を想像して、僕はそれを耳に当てた。

そして、やっぱり溜息のひとつも吐けずに、終了ボタンを押した。

なあ、カラス。

もう、やめような。ヴィンセントの男に電話をするのは。

何千回かけようと、何万回かけようと、あの男は電話には出ないんだよ。

この番号は、もう、使われていないんだから。

結局一睡も出来なかった僕は昼になるのを待って、カラスを起こさないようにそっと出掛けた。

ヴィンセントに行くためにだ。

会って、どうする？　何を訊く？　何を伝える？　何を頼む？

カラスの前から消えてくれとでも言うか？　それとも、カラスを大事にしろ、か？

カラスに手首を切らせるな？　カラスに卵を割らせない方法を教えろ？

――馬鹿な考えだ。

全くもって馬鹿な考えだ。けれど、僕はその馬鹿な考えをどれ一つ実行せずに済んだ。

ヴィンセントは閉まっていた。内側からカーテンを引かれ、看板を外されて。

バスにも乗らず、忌々しい病気の野良犬みたいに、だらだらと歩いて帰った。


可愛がっていたペットが死んだ事を小さな子供に説き伏せるように、僕はヴィンセントの事をカラスに伝えた。7歳の頃、飼い犬のペスが死んだ事を僕に告げた時の母親の顔を、薄ぼんやりと思い出した。7歳の僕はあの時、確か、ひきつけを起こす程泣いたんだった。そうだ。子供の頃、僕は犬が嫌いではなかった。

意外にも、カラスは取り乱さなかった。

「……そう。きっと、携帯も変えて、何処かに行っちゃったのね」そう言った。

もう寝るからと言って自分の部屋に引き上げたカラスを、僕は夜中に何度も見に行った。布団にくるまったカラスの肩口あたりが静かに上下しているのを確かめて、そっとドアを閉める。そんな事を朝まで繰り返した。

——カーテンの隙間からヴィンセントの中を覗き見た時、まだ商品の大半が残っていた事、それらを取りに、あの男はまだ何度か店に現れるだろうという事。それらの事を僕は結局、カラスに話さなかった。

10時を回って、僕はそっと部屋を出た。昨日と同じように。

違うのは、行き先だ。電車を乗り継いで一時間程の所にあるセレクトショップに、僕は向かっていた。

ウィンドウのトルソーに着せられたワンピースに、僕は目を惹かれた。

フランスの新人デザイナーの物で、今のところ置いているのは日本でここだけだろうと、店員は言った。

薄いブルーの地に、濃いオレンジと赤の、大柄の花模様。

カラスは絶対にこんな服を選びはしないだろうけど、僕はどうしてもそれをカラスに着せたかった。

ワンピースを買い急いで帰ると、もう昼をとうに回っていた。カラスを起こし、包みから出したワンピースをそのまま手渡した。

「これに着替えて。出掛けよう」

「――何？　何処に行くの？　どうしたのこれ？」

「いいから。早く」

ワンピースを着たカラスは、カラスには見えなかった。可愛かった。文句なしに、可愛かった。

「ね？　よく似合う」

「そう……ね。有難う」

その日、僕達は初めて二人で電車に乗った。カラスの手を引いて通りを歩いた。植物園で奇怪な形の熱帯の花を見たし、公園で腐ったような色の鳩に餌をやったりもした。たいした会話は交わさなかった。勿論、ヴィンセントの男の話も。

僕の眼に、カラスは少しはしゃいですら見えた。

何かが終わっていく。終われば、新しい何かが始まる。

そんなのは子供でも解る事だろ？　終わるんだよ、カラス。そして、始まる。カラスの薄い掌から伝わる熱を感じながら、僕は本当にそう思った。

明日への讃歌を、叫び出したい程に。

――そう。カラスは微笑んでいたけれど、僕はもう少し思慮深くなるべきだったんだ。確かに何かは終わりつつあった。でも、まだ終わってはいなかったし、僕の望むような始まりの欠片ですら、僕は手にしてはいなかった。

人は、完全な絶望を自らの内に認めた時にも、微笑むんだ。


そして、僕がその事を思い知るまで、あと、20時間。


その夜も、僕らはそれぞれの部屋で眠った。僕は布団の中で、カラスとのこれからの日々に思いを巡らせた。

これから、仕事の合間には、カラスと外に出掛けよう。あのワンピースを着たカラスと、手を繋いで街を歩こう。

嫌いな物だらけで凝り固まっていたカラス。カラスは、ヴィンセントの男に少し過剰に影響を受け過ぎていただけなんだ。

黒ずくめのカラスは、終わる。

そんなカラスに惹かれていた僕も、終わる。

カラス、これからは、好きな物を増やそう。僕の部屋を寝室にして、明日からは、一緒に眠ろう。


寝付けずに居間に行くと、カラスがいた。

「起きてたの？」

「うん。ビデオ………観てた」

カラスが観ていたのは〈シザーハンズ〉だった。いつだったかあのファストフードで、この映画の事を話したっけ。

あの時、カラスは言った。

エドワードの本当の悲劇は、自分で自分を傷付けてしまう事なのだと。

確かに、画面に映るエドワードの顔には、無数の傷がある。

眼の下に走るその傷は——流れ落ちる涙のようにも、見える。

愛する人と結ばれる事の無かったエドワード・シザーハンズは、ラスト、丘の上の城に戻り、氷の彫刻を造り雪を降らせる。愛する人のために、独り、永遠に、雪を降らせ続ける。

「君がエドワードだとしたら………」

「……え？」

「雪を降らせ続ける？」

——ヴィンセントの男のために。

「ああ……あたしがエドワードだとしたら……彼はキムじゃないわ。結ばれなかった恋人じゃない」

結ばれなかった恋人じゃない？　カラスはまだ、あの男を待っている？

「カラス。あの男はもう——」

「あたしがエドワードだとしたら。彼は発明家よ。エドワードを造り出して、未完成のまこの世界に放り出して消えてしまった……発明家よ」

発明家を演じるのは往年の怪奇俳優、ヴィンセント。ヴィンセント・プライス——。

それ以上、僕は話を続けなかった。カラスも何も話さず、画面を観ていた。

ソファに寝転がり、そんなカラスの背中をぼんやり眺めながら、いつしか眠りについた。

久し振りに歩き回ったせいで昼過ぎまで眠り続け、眼を覚ますと、カラスはテレビの前から消えていた。

キッチンにも部屋にも、姿はない。

あのワンピースだけが、きちんと畳まれて置いてある。失敗作の、赤い椅子の上に。

こうなる事も、僕は何処かで解っていたのか?

僕はもう、かれこれ1時間近くも床に座ったまま、椅子の上のワンピースを見つめていた。

自分は今、何をすべきなのか。

つけっ放しの居間のテレビを、消さなくちゃいけない。

この部屋の開けっ放しの窓も、閉めなくちゃいけない。

コーヒーは………淹れなくていいだろう。

カラスの携帯に電話をしなくちゃいけないか？　いや、無駄だ。目の前のテーブルに置いてあるのは、この四角い物は、カラスの携帯電話だ。

――――とにかく、テレビを消して、窓を閉めて、家から出よう。僕は、カラスを捜すべきだ。

立ち上がった僕は、ワンピースの襟元に小さく折り畳んだ紙切れが挟まっている事に、ようやく気付いた。

思った通り、ヴィンセントの男は店に戻って来ていた。

店の前には、男には似つかわしくない小汚い軽トラック。中を覗くと、積み上げた段ボールの真ん中で、前に見た時と同じ黒ずくめの男がパイプ椅子に腰掛け、煙草を吸っていた。

僕に気付くと男は立ち上がりもせずに言った。

「あー、ここは先月いっぱいで閉め……あれ？　カオリの……？」

「入っても？」

「――――ああ、どうぞ。休憩中だし」

男はパイプ椅子をもう1つ持ち出すと、テーブル代わりに灰皿を置いた段ボールを挟んで向かい合う位置に、それを置いた。

やっぱり、目を引く動きをする男だ。向かい合うと、奇妙な緊張が僕を包む。

この男も、破れ目だ。深い深い、憂き世界の、破れ目だ。

「店………閉めちゃうんですね」

「うん。ちょっとね、飽きてきちゃったし。………カオリは？　じゃ、なくって、カラスって呼んでたんだっけ。君のカラスは？　元気にしてる？」

「カラスは………出て行きました」

「黙って？」

「黙って」

「そっか。あいつ、出て行ったのか。まさか、ここに捜しに来た訳じゃ、ないよな？　見ての通り、君のカラスはここにはいない。………しかし、大変だったろ、カオリと暮らすの。あいつ、キレてるから」

――僕の中で、一瞬にして渦が巻き起こった。緊張などは呑み込んでしまう程の、激しい渦。

「…………誰のせいだと思ってんだ!?」

渦に弾き飛ばされでもするように椅子から立ち上がり、僕は怒鳴っていた。

「まあ、座れ」

男は顔色ひとつ変えない。椅子に座ったままで長い腕を伸ばし、僕の肘辺りをなだめるように叩く。

ああ、畜生。

格好いいんだ、この男は。

無条件に格好いいものを憎めない僕を、僕は憎む。

「言い訳なんかする気は無いがな、カオリがおかしくなったのは、俺が原因じゃあない。俺と知り合った頃からカオリは、壊れかけだったんだよ。俺といる間に酷くなったのは、そりゃあ事実だ。でもな、それは俺のせいじゃない。相手が俺じゃなくたって、カオリはそうなってた」

「それがうっとうしくなって、あんたはカラスを拒絶したのか?」

「拒絶、か。そういう言い方も出来るかもしれないな。俺はな、不安定なココロとやらの矛先を向けられるのは、まっぴらごめんなんだよ。何も、あいつだけに限った事じゃあない」

――――（矛先を向けられたなんて思われて疎ましがられる位なら、腹掻っ捌いて自害した方が百倍マシよ）――――

「あんた………それ、カラスに言ったのか？」

「ああ、言ったかもしれないな」

「カラスは………カラスは、別にあんたに矛先を向けてやろうなんて思っちゃいなかったぜ？　あんたにそう言われて、他でもない、あんたにそう言われて、カラスがどう思うのか位、解る筈だろ？　あんただって、カラスを全く愛してなかった訳じゃないだろ？」

――――愛だ？　僕が使うのか？　その言葉を？　カラスと暮らしている間に、僕はその言葉について考える事を、放棄したんだろう？

でも、愛としか言いようが無いんだ。今なら思う。この男と対峙した今なら。

この男に対するカラスの執着も、そのカラスに対する僕の想いも、愛としか、言いようが無いじゃないか。

「自分以外の人間を愛する事は、俺には難しいな。まして、何らかの責任を取らなきゃならないような愛し方なんて、俺には出来そうにない。だからしないんだ」

「それでも、カラスは、あんたを愛してたんだよ。何で少し位、受け止めてやろうとしなかったんだよ」

「じゃあ、お前には出来んのか？　それが。………お前はさっき、拒絶って言葉を使ったよな。お前は、カオリを、拒絶しなかったか？」

「僕は………拒絶なんかしちゃいない」

「一緒にいてやるからマトモになれ。そんな物言いを、お前はいっぺんでもあいつに対してしなかったか？………そりゃあするさ、普通の神経の持ち主ならな。でもな、それは、あいつを拒絶した事になるんだよ」

「………言ってる意味が解んねえよ」


――嘘だ。解り過ぎる程解る。腐った色の、鳩の群れ。花柄の、ワンピース。

「夜中に泣き喚く事も、薬を飲んで手首を切る事も、確かに〈あいつ自身が造り上げたあいつ〉だ。自分自身をガチガチに固めて、わざと生き辛くしてる。でもな、それがあいつなんだよ。あいつが造り上げた、自己存在なんだよ。それを認められないんだったら、カオリを捜すのはやめろ。何度繰り返したって、結果は同じだ」

「僕は………僕はあんたとは違う。カラスを愛してる。矛先を向けられたって構わない。卵を百個ぶつけられたって構わない。カラスが何度手首を切ろうと、僕は何度だって病院に連れて行く」

「それが、お前の選択か」

「そうだよ」

——そう。そうなんだ。カラスを受け止めないこの男の選択。この男に執着し続けるカラスの選択。カラスを愛する僕の選択。

「そうか。なら、俺の言う事はもう無いな。好きにすりゃあいい。………捜すあてはあんのか？」

「K町………だと思う」

「K町？」

「ああ。父親が住んでんだろ？　置手紙に………」

「K町へ行くって？」

「いや、パパの所へ行くって。カラスの父親はK町に住んでるって、前に聞いたから。あんたなら、住所を知ってるんじゃないかと思って」

「――俺はな、お前の事が嫌いじゃない。カオリの事は抜きにしても、だ。今日こうやって話して、馬鹿みたいな話だが親近感まで覚えてるんだ。だから、前言撤回だ。言わせて貰う。カオリを捜すのは、やめろ。………それはお前には、無理だ」

「な………何なんだよそれ‼」

「あいつの父親は死んでるんだよ。とうの昔に」


「カオリの親父さんはな、カオリが10歳の時に死んでるんだ。両親は、カオリが2歳の時に離婚してる。母親の方が家を出て、カオリは親父さんと暮らしてたんだ。K町にいたのは、その頃だ。父一人子一人だったから、親父さんはカオリを大層可愛がってたらしい。その親父さんが死んで、カオリは母親に引き取られる事になった。それで、K町から越して来たんだ。母親の方は………家庭を作るとか、子供を育てるとか、そういうのには元々向いてなかったんだろうな。だから、小さいカオリを置いて家を出たんだろうけど。8年振りに暮らす実の娘の存在は、切り捨てた筈の過去の残骸にしか過ぎなかったみたいだな。中学を出た後は、進学はせずに働いて自活しろ、そうカオリに言い続けてたんだそうだ。

要するに、お前の面倒をみる気は無いって事だよ。俺がカオリに初めて会ったのは、あいつが中学を卒業する直前だった。ある時ふらっとここに現れて、家を出るためにお金を貯めたいからバイトしたいって、そう言ったんだ。母親と暮らすのはもうたくさん、カオリはそう言ってたけど、本当のところはどうだったのか、俺には解らない。まだまだ子供だったカオリが母親をなじるのが、俺には、呼び声にも聴こえたよ。ほら、鳥のヒナが、巣ん中でピーピー鳴いてるだろ。あんな風に、聞こえもした。実際、カオリはお前と暮らし始めるまで、その母親と暮らしてたんだしな。本気で家を出たかったんなら、もっと以前にそう出来ない訳じゃなかっただろうに。……もっとも、同情なんかはしちゃいなかったがな。そんなのは、よくある事だろ？　カオリが壊れてたのが、親のせいだとは、今でも俺は思ってない。ただ、父親と暮らし続けてたら、少しは違ってたかもしれないとは、思う。カオリは事ある毎に親父さんの話をしてたよ。〈パパが死んで、子供のあたしも死んだ〉カオリがそう言ったのは、今でも覚えてる。あいつ、小さい子供が異常に嫌いだったんだ。向こうから子供が歩いて来るだけで、心底嫌な顔すんだよ。見た事、あるだろ？

……うらやましかったんだろうな。子供のままでいられる子供が。お前もいつか自分の子供が出来たら、可愛いと思うんじゃないか――何の気なく俺が言った時に、カオリは初めて俺に怒鳴ったんだよ。〈いい加減な事言わないで〉って。〈いつか本当にあたしが子供を産んで、それでもやっぱりその子を可愛いと思えなかったら、愛せなかったら、どうしてくれるの？　母性本能？　何なのそれ？　そんなものが絶対だなんて、誰が決めたの？　もし本当にそれが絶対なんだとしたら、そうだとしたら、それを向けられなかった子はどうするの？　絶対なものから否定された子はどうするの？〉この俺が唖然とする位、喚き散らしたよ。………おかしな話だが、それからなんだ。カオリが、両親の事も含めたいろんな事を、俺に話すようになったのは。それから、俺に対して異常な執着を見せ始めるようになるのに、時間は掛からなかった。結局のところ、カオリが俺に何を求めてたのかは、解らない。カオリだって本当は解ってなかったんだろう。隙間だらけの自己存在を埋めるのに、たまたま選んだ詰め物が俺だった、それだけの事だと言えば、そうなんだろうな。埋めて埋めて、もう一度自分を作り変えたかったのかもしれない。もともと趣味思考が似通ってた所に、カオリは、俺の意識をどんどん詰め込んで行った。何度も言うが、俺はカオリに同情なんてしてなかった。今だってしてない。人でなしだと思うかもしれないが、俺はやっぱり誰にも同情は出来ない。する気もない。今になって考えたって、俺がカオリに何かしてやれた筈もない。俺はカオリの救いでもなかったし、俺がカオリを駄目にした訳でもない。お前からすりゃ、無責任な男なんだろうけどな。――ただ、思う事はある。

さっきも言ったが、親のせいだけでカオリがああなったとは、俺は言わない。本人に素因がなきゃあ、どんなに滅茶苦茶な家庭でだって、健全に育つ奴は育ってる。そんな事位で、人間は本当には壊れない。たとえ生みの親に否定されたとしたって、本当は、そんな事は何でもない事だと思わないか?………でも、子供は、親を否定出来ないんだ。親は、子供を否定出来る。こいつは自分の子じゃないと思ってたって、構わないだろ? 産まなかった事にして生きていったって、構わないんだ。だけどな、子供が親を否定するって事は、突き詰めれば自分を否定する事になっちまうんだよ。それをしたら、ルーツを見失うんだよ。自分のルーツを、見失うんだ。自分が何処から来たのかが解んなきゃ、人は、そこから何処に行きゃあいいのか、それすら見えなくなる。俺が――誰かが、何処へ連れ去ってやれるもんでもない。………道標を、見付けられなくなったんだよ、カオリは」

ついさっき聞いたばかりのヴィンセントの男の話を思い出しながら、僕は駅に向かった。K町行きの電車に乗るために。

初めてカラスを見付けた交差点を渡る。

殺人的な太陽は、今日もギラついている。

あの年寄りの医者は、おそらく何度かカラスの母親に連絡は取っていたんだ。その都度、母親が何と応えていたのか、僕には知る由も無い。

カラスの置手紙が、本当にヴィンセントの男の言うような終結を意味していたとしても。

カラスは、必ずK町に行く筈だ。

見付けられない訳ないだろう?

カラスは、僕が見付けるべき探し物だったんだ。


そして、K町行きの電車が発車するまで、あと、12分。


電車は、刻々とK町に近づく。

なあ、カラス。

今頃になって気付くなんて愚鈍だと思うだろうけれど。

あのワンピースは全く君に似合ってなんか無かった。

たとえ、百人が百人似合うと言ったとしたって。似合ってなんか無かったんだ。

僕が似合うと言った時。君は、そうね、なんて言ったけど、本当は少しもそんな事思っちゃいなかっただろう？　そして、僕の事も、少しも愛しちゃいなかった。

いいんだ、カラス。

それでいい。

自分自身に掌を返すような真似を決してしなかった君を、僕は肯定する。

そうだ。僕は君を肯定し続けるべきだったんだ。いつかの約束のままに。

あの交差点で君を見付けてしまった事自体が、僕が犯した大きな間違いだったのかもしれない。そして、ヴィンセントの男の言うように君もまた、とてつもなく大きな間違いの元で、あの男を愛していたのかもしれない。

僕の愛も、君の愛も、そもそも間違いでしかあり得なかったのかも、しれない。

間違いは、正せばいい。それは紛れも無い、正論だろう。

――けれど、犯した間違いの十字架を背負ったまま生きていく。その選択をする権利も、人は持っている筈だ。

その重さに、脚を引き摺り引き摺り、皮がめくれ、骨が見えても。
君は十字架のてっぺんから、そんな僕を、笑っていてくればいい。

孤高が故に高貴な――鴉の鳴き声で。

そして、僕の乗る電車の車輪が黒ずくめのカラスを潰してしまうまで、あと、7秒。

ゼロ

ゼロについて、あたしが認識する全てが、ゼロの全て。

肉色の夕焼けが好きで、闇夜に突き立てられた三日月が好きで、Ｊ・Ｐ・ゴルチエの黒いコートを愛してる。ナイフの切っ先の感触が好きで、舌に貼りつくニコチンの味が好きで、シド・ヴィシャスを愛してる。チャールズ・ブコウスキーは認めるけれど、ウイリアム・バロウズは認めない。

そして何より、ゼロが信頼し、敬愛するのはゼロ自身。

哲学の指先。狡猾の姿態。漆黒の髪の間に覗く、断罪の瞬き。芸術的な、その存在。

ゼロについて、あたしが認識するそれら全てが、ゼロの全て。それで、充分。あたしとゼロは、出逢うべくして出逢った。

ゼロに出逢うまでのあたしは間違ってたわ。

間違っていて、不憫で、可哀相で涙が出そう。いつもいつもいつもイラついていたあたしは、１日６個の錠剤をポリポリポリポリ齧りながら、必要も無いのに、ダラダラダラダラ生き永らえて来ちゃったのよ。

ドロドロドロした塊としてこの世界に生まれ落ちたあたしは、何処にいても居心地が良くなかったわ。

そうよ、ママの腕に抱かれていても、やっぱりあたしは固まり損ねたゼリィみたいにドロドロドロ零れ出してしまうんだもの。

「解らない」そう嘆く度に、「くだらない」そう呟く度に、粘度は増すばかりで。

心が弾むなんて事、まるでなかったわ。あたしの心は、いつも地面に落ちるだけ。

このまんまじゃ、いつかアスファルトに零れて、滲みて、乾いて、無くなってしまう。

容れ物を、あたしはずっと欲していたのよ。

容れ物を、頂戴。ギチギチギチに嵌まり込んで、身動きできなくなるような。

容れ物を、あたしに頂戴。そうしたら、あたしは「形」になれる。


「今日は何の日か知ってる？　シド・ヴィシャスの死んだ日だ」そう言ってケラケラケラ笑う、ゼロの眼。自分の認めたもの以外の、世の中の全てを完全にナメてる眼。

街中で、レストランで、駅のホームで。見ず知らずの人間に罵詈雑言の限りを浴びせるゼロ。罵るまでもなく、その眼差しだけであらゆる物を、そして人を、侮辱し、踏み付けにしてしまうゼロ。

——あたしが、一発でやられちゃわない訳が無いじゃない。

もう、あたしに錠剤は必要無くなったわ。糞不味いケミカルなんか齧らなくったって、あたしにはゼロがいる。ゼロも、あたしといることを選んでたわ。

「君は、僕のドッペルゲンガーかもしれない。多分だけどね」ゼロは、間違いなくあたしにそう言った。そして、やっぱりケラケラケラ笑ったその時のゼロを、あたしはこの先億万回生まれ変わっても忘れないと、真摯に思ったわ。

ゼロのアナーキーな思想に共鳴出来る魂。

ゼロの芸術的仕種を眺める事の出来る眼球。

ゼロと並ぶことの許される容姿。

それらを持って生まれたあたし。いもしない神様に、少しは感謝してやってもいいわ。

ゼロとあたしは、行く先々で、只歩いてるだけの罪も無い一般市民を嗤い者にした。行く先々とは言っても、あたし達の行く所は、本当に限られていたのだけれど。

レストランはいつも同じ。注文するメニューもいつも同じ。座る席だって勿論決まっていたわ。既に誰かに座られていて、やむなくほかの席に座らなければならなかった時は、店を出てからも一日中、今日は不吉な日だと言い合った。

あたし達は、新しい事を開拓しようとか、変わった事を試みようなんてこれっぽっちも思わなかったわ。二人の世界では、着るべき服も、観るべき映画も、読むべき本も、聴くべき音楽も、何もかもちゃんと決まっていたのだもの。

あたし達が嗤い者にしていたのは、それらを持たない、持とうともしない、それどころかその存在に気づきもせず安穏と暮らしていらっしゃる一般市民様。

壊れた玩具みたいにキョロキョロキョロキョロ周りを見回して、平均値の範疇にいようと心を砕くくせに、君って少し変わってるねぇ、なんて言われては、ダラダラダラ涎を垂らして喜ぶ。

――その上、垂れ流した涎を隠すのは皆大層上手いのよ。全員まとめて、広域清掃場に出すべきよねぇ、ゼロ?

あたし達は本当に沢山の時間を、二人で過ごすことに費やしてたわ。

明け方まで映画を観たり、世の中のくだらない物と数少ないそうでない物、抹殺するべき人間と数少ないそうでない人間について話したりした。

あたしもゼロも、憎まずに済んでいる物の方がはるかに少なかったのだから、どれだけの夜を徹しようとも、悪態が尽きることは無かったのよ。

ゼロと話していると、確認できる。

自分は罪人でもなく、生きる事も赦されている。間違いなく赦されているのだと。

こんなに高慢なあたしでも、ゼロに出逢うまでは、時折思ったりもしたわ。

「あたしは、こんなにもドロドロドロドロとした塊として産まれてきてしまった事を、詫びなければならないのかしら?」ってね。

けれど、たとえ詫びなければならないにしろ、一体誰に対して詫びれば良いものやらさっぱり解らなかったし、無神論者のあたしは懺悔するべき神も持たなかった。故にケミカルを齧り続けるより他に術が無かったあたしの味蕾は馬鹿になり、何の味も感じない。

それでも、ゼロに出逢って確信したわ。

——詫びるべきは、くだらない世界の方。懺悔すべきは、偶像である神の方。

ようやく、あたしは容れ物を手に入れたのよ。あたしの「形」を。

ゼロより以前に出逢った人間達は皆、同じ人種である筈なのに違う言葉を話す奴等ばっかりだった。どうにかこうにか話の通じるふりをしてきたけれど、奴等の話す言葉の意味は、あたしには理解不能だったもの。

あたしが解らない言葉も、あたしが忌み嫌う言葉も、ゼロは決して使わなかった。ゼロの話す言葉に、思想に、仕種のひとつひとつにまで、あたしは心酔してた。ロバート・スミスの裏声と同じ位、それらはいつもあたしを感動させたわ。

あたしはゼロに触れた事は無かったし、ゼロもあたしに触れようとはしなかった。他者を見下し、世の中に悪態を吐き、社交的な物言いを嫌い、前向きな思考を遠ざける負の要素のみで繋がり、不健全であることに共鳴の楽しみを見出していたあたし達だもの、肉体なんかを伴う健全な展開なぞが訪れる筈も無かったのよ。必要も無かったわ。


いつもゼロの周りをウロついている、食用の家畜みたいな面をした女達。

その、俗で汚らしい大量生産の肉体を使ってしかゼロと接触を持つ術を持たない、精神的欠落者と呼ぶべき家畜女どもに、あたしは同情すらしてたわ。

彼女等は皆一様にこう言うのよ。

「ゼロは、ああ見えても、あたしには優しいのよ」だって。可哀相に。余りの醜さゆえ屠られる事さえない、家畜面のあんた達、良い事を教えてあげるわ。――ゼロが「優しい」と捉える事も可能」な態度で接するのはね、憎むどころか拒絶する価値も無い、無関心なものに対してだけよ。

ゼロが家畜女どもとセックスしようが、強姦しようが、あたしの知った事じゃないわ。嫉妬なぞ、覚える訳も無いじゃない？　獣姦は、貴族の退屈しのぎなのよ。家畜がどんな声で啼いたと言っては、ゼロはケラケラケラケラ笑っていつもあたしに話してた。

そうよ。ケラケラケラ笑うゼロが隣にいれば、それで全てはオッケーだったわ。

だって、あたし達は出逢うべくして出逢ったのだもの。それはつまり、出逢う事を目的として出逢ったって事よ。

触れこそしなくても、手を伸ばせば届く所にゼロがいて、ケラケラケラ笑う。それをオッケーと言わずして、この世の何がオッケーなのよ？


いつものレストランでいつもの席に座りいつものメニューを注文する。ゼロの言葉に思想に仕種にケラケラケラ笑う声に、感動し、心酔し、幾つもの季節が過ぎていく。

獣姦に飽きてしまったゼロは、今度は何処からかお人形みたいな女の子を拾って来たわ。四谷シモンの人形みたいな顔をした――それは限りなく白痴美に近い――ミルク色の肌の、「ミルク」。

ゼロは、ミルクを大層可愛がったわ。何処に行くにも連れて歩いて、頭を撫でてた。そんなゼロを見ているのは気分が良かったわ。あたしはね、本当に自分に似合うものを解って身に着けてるゼロを眺めているのが好きだったのよ。

多少低脳気味のお人形は、その漆黒の髪やコートと同じ位、そう、見る者の背を粟立たせる程、ゼロに似合ってた。

年端も行かない低脳の女の子を連れ回して決して下品に映らないのは、持って生まれた品性すら飛び越えたゼロの芸術的存在感の成せる業だと、あたしはつくづくそう思ってた。

この世界ときたら、下品な人間に限ってデカい面をしてのうのうと生きていて、全く、硫酸に漬け込んで溶かしてでもやらなきゃ、見てるこっちは救われないわ。

ゼロがどんなにミルクを溺愛しようと、ミルクがどんなに可愛いかを夜通し語って聞かせようとも、あたしとゼロの関係は何も変わらなかった。

「今日は何の日か知ってる？　マーク・ボランの死んだ日だ」そう言ってゼロは相変わらずケラケラケラケラ笑っていたし、たとえ千年の時が流れようとも、あたし達の意識は共通し、此処に留まっていると、確信してた。

あたしにとってゼロは、唯一絶対的な存在。無神論者であるあたしの、神に一番近い存在だと言ってしまっても過言ではないかもしれないわ。神が偶像でしか在り得ないように、あたしの中のゼロもまた、それに等しく偶像であるのだとすれば。あたしは愚かな偶像崇拝の罪人としての糾弾を、甘んじて受けるわ。


――でもね、ゼロ。いくら可愛がっているからって。いくらお願いされたからって。牛乳プリンまで作ってあげなくてもいいいんじゃないかしら？

ほら、貴方のフェイバリット、シド・ヴィシャスが草葉の陰で泣いちゃってるわ。にも拘わらず、ゼロは牛乳プリンを作るだけには飽き足らずに、髪を梳かし、服を見立て、アクセサリーを買い与え、映画を観せ、音楽を聴かせ、本を与え、まるで自分自身の身体の一部を創り上げようとでもしているかのように、ミルクを扱った。

少々度の過ぎたお人形ごっこだとは思ったけれど、それでもゼロはケラケラケラケラ笑っていたから、あたしは別段、危惧の念を抱いちゃいなかったわ。

低脳のお人形に、知恵がつき始めるまではね。


「あたしは、何処にだって行けるのよ」

――――え？　何？　何て言ったの、ゼロ？


それは、ミルクの言葉らしかった。いつものように膝の上に座らせ髪を梳かしている時、ミルクがふいに呟いた言葉。ゼロは、今までに見せた事の無い顔で、その日一日中、その言葉を反芻してたわ。

ねぇ、ゼロ。ミルクはもう、可愛い白痴人形なんかじゃないわ。貴方の一番嫌いな、低俗な只の女よ。醜い家畜女どもと同じ。お人形ごっこは、もう終わりね。また新しい遊びを見つければいいわ。

ああ、新しい事を開拓するのは、性に合わないわよね。あたしも同感よ。元の生活に戻ればよいだけの事ね。いつものレストランに行っていつもの席に座っていつものメニューを注文しましょう?　何なら、今すぐ出掛けてもいいわ。とにかく、お人形ごっこは終わったのだから。

――なのに。どうしてゼロはまだ、牛乳プリンを作り続けているのかしら?

あたしは、もっと早くに危惧の念を抱くべきだったのかもしれないわ。

ゼロの眼からは、あたしを虜にした、あの侮蔑の色が消えてしまった。相変わらずケラケラ笑ってはいるけれど、今まで憎んでいた筈のあらゆる物事を、もはや単に「どうでもいい」と思っているだけになってしまったのよ。

今やゼロの中で全世界は、「ミルクとそれに付随するもの」と「それ以外のもの」にパカリと分けられた。「それ以外のもの」は、純粋に「それ以外のもの」。只それだけ。「ミルクに付随するもの」である牛乳プリンを、ゼロが目を瞑ったままでも作れるようになった頃には。

――あたしの額には、「それ以外のもの」のラベルが貼られたわ。何かの間違いだと良いのだけれど。

「ミルクは毎日僕に言うんだ。あたしは、何処にだって行けるのよ、って。そして、にっこり微笑む」

それで？　貴方は何て？　「勿論――、行かないでくれってお願いするのさ。毎日ね」

ゼロは、自分が何を口走っているのか解っているのかしら？

世の中にはね、使って良い言葉と、使ってはいけない言葉があるのよ。無論、その言葉は口にする人間によって違う。

あたし達が使ってはいけない言葉について、あんなに、あんなに、話し合ったじゃない？　行かないでくれだなんて。お願いだなんて。それは、ゼロが口にしてはいけない言葉なのよ？

ゼロ。ゼロは、あたしとだけいればいいわ。だったら、そんな言葉を使わなくたって済むじゃない。

使わせないわ。絶対に。

ゼロがそんなにもお人形ごっこを続けたいのなら、あたしがなってあげる。お人形に。

カリガリ博士を探し出して、ロボトミー手術をして貰うわ。そして、低脳のお人形になるわ。ゼロにとびきり似合う、低脳のお人形に。

けれど、カリガリ博士は見付からなかったし、見付けたところで、ゼロのお人形になる事は叶わなかった。何故って、草葉の陰で泣いていたシド・ヴィシャスもゼロを見限りだした頃にはもう——、ゼロの方がお人形になってたわ。

ミルクの意のままに動く、自動牛乳プリン製造人形。

あたしには、どうすることも出来なかった。だって、あたしの額には、ラベル。「それ以外のもの」のラベル。

ぺったりとラベルを貼られたあたしに、ゼロはまるでゼロが使ってはいけない言葉だけを駆使するみたいに、ミルクのことを語るわ。けれど、あたしにはもう、ゼロに物申す資格なんて無いわね。ああ、だって、瞼の裏にチラチラ見えるのは、あたしが使ってはいけない筈の言葉。


——嫉妬。

その言葉を自らの脳裏に認めた刹那。あたしは堪えきれずに嘔吐した。

ゼロの望まない事は、あたしも望まない。そういう風に出来ていたのよ。ゼロがあたしに触れなかった事。あたしがゼロに触れなかった事。


あたしの名は「盲信」。

ゼロの名は「絶対」。

あたしの名は「ジャンキー」。

ゼロの名は「ハイミナール」。

全ては上手くいっていたわ。それなのに。

余りにもあの言葉が瞼の裏をチラチラチラチラするものだから。そしてその度に嘔吐を繰り返すものだから。あたし達の望む事と望まない事の均整が崩れつつある事に、気付いてしまうじゃない。

気付いてしまえば後はもう、望みは下卑た欲望に名を変え、暴走してしまうだけだわ。

今では完全に立派な自動牛乳プリン製造人形になってしまったゼロだったけれど、芸術的仕種はそのままだわ。煙草に火を点けるその優雅さも、前と何も変わらない。

それでも、あたしには見えてしまう。ゼロが望まない事、触れる事を望んでしまったあたしには、見えてしまうのよ。

紫煙は有刺鉄線にその姿を変え、ゼロの身体にスルスルスル纏わり付く。触れようとすればあたしは阻まれ、無理に近づこうとすれば、ほら。こんなに血塗れ。

ゼロには見えないのね？　自らが造りだす、紫煙の有刺鉄線が。血塗れのあたしが。


ゼラチンと砂糖と牛乳の入ったボウルを、光速のスピードで的確にかき混ぜるゼロを呆然と眺めながら、あたしは決心した。冷蔵庫の中の牛乳プリンが固まるのと同時に、あたしの決心は固まったのよ。

――あたしは、ゼロを殺すわ。

こんなに上手く牛乳プリンを作れてしまうゼロをこれ以上見ているのは、余りに忍びないわ。それに、この1ヶ月、ゼロはケラケラケラ笑っていないのよ。

今日が誰の死んだ日だかも忘れ、ケラケラケラ笑うことも無くなったゼロ。もう生きているべきじゃないって事は、ゼロ自身解っている筈よね？

安心して、ゼロ。あたしがきちんと殺してあげる。救ってあげる。

ゼロは、あたしにとって唯一絶対的な存在。限りなく、神に近い存在なのよ。あたしだけの神をあたしが抹殺したところで、誰にも文句は言わせない。

ゼロの存在だけが、あたしにとっての真理だったわ。出逢うべくして出逢ったその瞬間から、ずっと。その圧倒的とも言える存在感。Ｊ・Ｐ・ゴルチエの黒いコートは、ゼロが纏えば闇の色に変化した。そうね、丁度、ティム・バートンがスクリーンに映し出すみたいな、夜の闇の色よ。全てと断絶し、同時に全てを呑み込む、夜の闇の色。

――失敗は赦されない。どうせ殺すなら、ゼロの気に入る方法で。ゼロに相応しい殺り方で。


あたしは、ダイナマイトを集め始めた。

６６６個のダイナマイトを身体に括り付け、ゼロを抱いて、爆死する。ゼロに触れる、最初で最後の一瞬ね。心中なんかじゃないわ。手段として、けれど必然として、あたしはゼロもろとも爆死するのよ。

ゼロはきっと褒めてくれるわ。パンクだねぇ、って。気狂いピエロみたいだって、言ってくれるかもしれない。どんな労力も厭わない。ダイナマイトを６６６個集める位、訳ないわ。

あたしがダイナマイト集めに苦労している間にも、ゼロの尋常でない行動は、あたしの脳髄をグルグルグルグルさせた。それは、まさしく奇行だったのよ。

ダイナマイトが２００個集まった頃、ゼロは燦々と太陽の光が降り注ぐ公園のベンチで、ミルクと二人、ソフトクリームを食べてた。

――早く。早くダイナマイトを。

ダイナマイトが４００個集まった頃、ゼロは遊園地に出掛け、世界最高速を誇るジェットコースターの順番待ちの列に、ミルクを連れて並んだ。

――早く。早く集めなきゃ。

ダイナマイトが６００個集まった頃、ゼロは醜悪なカップルと盛りの付いた若者で溢れ返る海水浴場でクロールで泳ぎ、ミルクを喜ばせた。

――もうすぐよ。もうすぐダイナマイトが集まる。

くだらない世界から、埃塗れの宇宙から、下卑た恋愛から、あたしが救い出してあげるわ。待ってて、ゼロ。もうすぐよ。息の根を止めてあげるから。

666個のダイナマイトを集め終えた夜、ゼロの夢を見たわ。

夢の中のゼロの右眼には、眼帯。

どうしたの？　それ。（ああ、これ？　ミルクがね）また、ミルクなのね。（ミルクが欲しがるからさ。あげちゃったんだ）あげたの？　眼球を？　（だってミルクが欲しがるからさ）

どうして。どうしてどうしてどうして。（君になら、見せてあげてもいいよ。ほら）眼帯を外したゼロは、只の暗闇と成り果てた眼窩から、あたしが最も忌み嫌う言葉、そしてゼロに最も相応しくない言葉を、トロリと零した。

——幸福。

ゼロは、楽しくはあっても、幸福でなどあってはならない筈だわ。それなのに。

尚もゼロは眼窩からその言葉をトロトロトロトロ零し続ける。それは、もう、際限なく。

目覚めたあたしの目の前には、いつの間に現れたのやら、現実のゼロ。夢は終わった筈なのに、ゼロの右眼には、眼帯。

「ねぇねぇ、海賊みたいだろ？　ああ、でも、ミルクは海賊は好きじゃないかもしれないな。どう思う？」

その時から、あたしは夢の中のゼロと現実のゼロの判別が、出来なくなった。

あたしは苦労して、666個のダイナマイトを身体中に括り付けたわ。666個のダイナマイトは重くてあたしは動けなかったから、ゼロの来るのをひたすら待つしか無かったのよ。

3日後、ゼロは現れたわ。もう、右眼に眼帯はしていなかった。

でも、あたしは知ってるのよ？　それは、その右眼は、義眼なのでしょう？　本物は、ミルクが持って行っちゃったんだものねぇ？――あら？　それは夢の中の話だったかしら？　けれど、現実のゼロも確かに眼帯をしてたわ。

それにほら、やっぱりゼロは今日が誰の死んだ日かも忘れてるし、ケラケラケラ笑わないわ。それもこれも、ミルクが右眼を持って行っちゃったからでしょう？

「ねぇ、ゼロ。今日は、誰の死んだ日だったかしら?」

「さあ? 忘れちゃったよ」

「今日は、カート・コバーンの死んだ日なのよ?」

「ああ、そういえばそうだったかもね」

そうよ、ゼロ。だから最後にもう一度。

このダイナマイトに火を点ける前にもう一度。

あの声でケラケラケラ笑ってよ、ゼロ。

「君は、コートニーがカートを殺しちゃったんだと思うかい?」

「そんな馬鹿な話って無いわ。シドとナンシーじゃないんだから」

「そうだよねぇ。そんな話は醜悪なだけだ。誰も、シドとナンシーにはなれないんだ。僕も、君も、誰もね。ところで君、そのダイナマイトは何?」

「――何でもないわ」

「ああ、そう。じゃあ、ミルクが待ってるから」

ゼロは、結局ケラケラケラ笑わずに帰って行った。

あたしは、ボロボロボロボロ泣きながら666個のダイナマイトを外したわ。仕方が無いからゼロの写真を全部集めて、666個のダイナマイトで爆破してやる事にしたのよ。BGMは、キュアーのピクチャーズ・オブ・ユーね。

けれど、捜しても捜しても、ゼロの写真が見付からない。床下から天井裏まで捜したけれど、それでも見付からない。

それもそうね。だってそんな物、最初っから持っていないのだから。

考えた末、あたしはレストランを爆破した。

ゼロと行った、いつものレストラン。知らない誰かがあたし達の許可も無く座っているのだろう、いつもの席。今夜も厨房で作られているのだろう、いつものメニュー。それらが皆、木端微塵になるのを見届けた夜、あたしは、またゼロの夢を見たわ。

(ダイナマイトは、外しちゃったの?　格好良かったのにねぇ)あたし、貴方を爆殺しようと思ったのよ。そのためのダイナマイトだったの。(ああ、それは酷いな。僕が爆死したら、ミルクは、)夢の中でまでその名前を口にするのは、(ミルクは悲しむだろうか?)止めてよ。(ミルクは)止めて。(ミルク)止めて止めて止めて。(ミルク)止めて止めて

止めて止めて止めて止めて!!

——どうやってゼロを殺したのかは解らない。次の瞬間には、あたしはゼロを埋めるための穴を掘ってたわ。

爆殺したのでは、ないわよねぇ? だって傍らに転がったゼロの屍は、別にぐちゃぐちゃの肉塊になっている訳でもないし、あたしはこうして生きているわ。

それに何より、666個のダイナマイトは、レストランを爆破するのに使っちゃったのだものねぇ?——あら? それは、現実の世界の話だったかしら? 何だか夢だった気もするのだけれど、だとしたらこれが現実なのかしら? いいえ、これは、夢よねぇ?

でも、どちらでもいいわ。夢だろうと何だろうと、あたしはゼロを埋葬すればいいのよ。どうせ、夢の中のゼロと現実のゼロの判別なんて、あたしにはもう、出来やしないんだもの。

決して生き返らないように、深く深く深く埋めなきゃね。

蝙蝠が頭上を飛び回る。

鴉が気の違った声で鳴き喚いてる。

何処かでデヴィッド・ボウイがアッシュズ・トゥ・アッシュズを歌ってるわ。

灰は、灰に。ゼロは、土に。


夢の中でのゼロの埋葬。あたしは上手くやったわ。

あの夜以来ゼロがあたしの前に姿を現さないって事は、夢と現実の区別なんて、瑣末な事だったって事よね。あたしはゼロの埋葬に成功したのよ。

さようなら、ゼロ。生き残ってしまった代わりにあたしは、「ゼロに付随するもの」を全て忘れるわ。そして、誰か適当な飼い主を見付けて、飼い慣らされた犬の生活を送るわ。ゴロゴロゴロ喉を撫でられて、一生オテとオスワリを繰り返して死んで行くのよ。

「仔犬格安販売・ローンＯＫ」の看板を掲げたペットショップの店先で座り込みをしてみたら、飼い主はすぐに見付かったわ。

今まで、周りの人間を同等に見た事すら無かったけれど、あたしを手に入れたい人間はどうやらこの世の中にゴマンといたみたいね。ゼロ、知ってた?

あたしの飼い主は、Ｊ・Ｐ・ゴルチエの黒いコートは着ない。シド・ヴィシャスも聴かない。チャールズ・ブコウスキーも知らないわ。

それでもちゃんと生きていけてるのって、それはそれで素晴らしいと思えなくもないでしょう？　だからあたしももう、そんな物全部、忘れちゃうのよ。

飼い主との生活は、それはそれは平和だったわ。

一般市民様に媚びたくだらない音楽を聴いて、一般市民様に媚びたどうしようもない場所に出掛け、一般市民様に媚びた下品な食べ物を食べて、一般市民様の特権であるどうでもいい会話を交わして、日々過ぎていった。

ゼロを盲信しているあたしは、どんな作家よりも、芸術家よりも、素晴らしく尊いと自負していたのに。ゼロの存在を失った——それも、自分自身の手で——あたしは、何者でもないわ。


飼い主は、時々あたしを不思議そうな目で見るのよ。

「君は、どうしていつも、黒い服ばかり着ているのかなあ？」ああ、それはね、あたしが喪に服しているからよ。夢の中で、現実との境界を失った夢の中で、あたしの手によって抹殺され、土となったゼロへの。

そういえば、あたしったら、あの時一緒に埋めてしまったみたいなのよねぇ。それとも、帰り道にでも落としたのかしら？　見付からないのよ。ゼロを埋めたあの時から。

あたしの、左の眼球が。――あら？　それは、夢の中の話だったかしら？　でも、あたしはこんなにも、物がよく見えなくなってしまってるわ。

ほら、飼い主の顔ですら。

あたしの左の眼窩の暗闇。その暗闇から何かの言葉を零してしまうのを恐れて、あたしはアルミの板で蓋をした。ネジを13本も使って、とても苦労したけれど、あたしはこれから飼い慣らされた犬の一生を送るんだもの。オテでもした拍子に何か出て来ちゃったら、困るじゃない？　飼い主は、あたしの左眼が無いことにも、アルミの蓋がしてある事にも気付かない、素敵な人よ。――あら？　アルミの蓋をしたのは、夢？　眼球を失くしたのは？　そもそもゼロを埋めたのは夢？　そして今は？

ああ、もう止めましょう。それは瑣末な事だと、あたしはちゃんと知っている筈よ。

あたしは飼い主に尽くしたわ。飼い主には好かれているべきでしょう？　犬としては。

「手錠を嵌めても、いいのよ？」「そんな事がしたい訳じゃないんだ」

「あたしの三半規管を見せてあげるわ?」「そんなものは見たくないんだよ」
「あたしは黙っておいた方が、いいのね?」「言わなきゃ解らないよ」
「あたしは話をしても、いいのね?」「少し黙っててくれないか」

――――いい加減うんざりよ。一体、あたしにどうしろって言うのかしら。あたしは、余り優秀な犬にはなれないみたい。悲しくてボロボロボロ泣きながら眠った夜、夢を見たわ。あたしが作った、ゼロのお墓の夢よ。

ゼロを埋めた、あの時と同じ。蝙蝠は飛び回り、鴉は気の違った声で鳴き喚いてる。けれど、デヴィッド・ボウイの歌は、聴こえないわ。

代わりに聴こえるのは――――、ケラケラケラケラケラケラ、何て、何て懐かしい、笑い声。

ケラケラケラ、土の中から聴こえるそれに共鳴するように、雷鳴が轟き、黒い雨が土を濡らしていくわ。

ああ、手が――――。出て来ちゃったじゃない。稲妻の光を受けヌメヌメヌメと光るゼロの手には、眼球。

あたしが失くした、左の眼球。

今や完全に地中から這い出し、見紛う事無く地上に舞い戻ったゼロは、あの芸術的仕種のままにあたしに眼球を手渡し、かつて無い程優美な手付きで身体中の土を払った。そして、足元のカブトムシを一瞥すると、土塗れのラバーソールで踏み潰し、ケラケラケラ、笑った。


目覚めたあたしの目の前に、ゼロはいない。

でも、ゼロは生き返ってしまった。夢の中でのゼロの再生は、それは、現実以上の再生を意味するのよ。

ほら、失くした筈の眼球が、あたしの手の中にあるわ。あたしはアルミの蓋を外して、左の眼窩に眼球を嵌め込んだ。眼に映る世界の、くだらない世界の、何て鮮明に見える事。

――ああ、そうね。ゼロが隣にいた頃、いつも世界はこんな風に見えてたわ。

ゼロの埋葬に失敗した事は、確かに汚点だわ。けれど、何て素敵な汚点。

だって、地中から這い出したゼロの、ラバーソールでカブトムシを踏み潰したゼロの、ケラケラケラ笑う声を、あたしは確かにこの耳で聴いたわ。出逢った時と同じ、あの声を。夢の中で再生したゼロは必ず、現実の世界であたしの前に現れる。そしてあの声でケラケラケラ、笑うわ。きっとね。あたしには解るのよ。だってあたし達は出逢うべくして出逢ったんだもの。だから再び、出逢うべくして出逢うのよ。

昔のままにケラケラケラ笑うゼロとの再会を思うと、ワクワクワクワクしたわ。忘れようと努めていた「ゼロに付随するもの」の全てが、記憶の回路をグルグルグル駆け巡る。

興奮を抑えきれずに、あたしは飼い主にゼロの事を語った。そのアナーキーな思想。芸術的仕種。

半ば呆れた顔をしながらも、飼い主はあたしの話を黙って聞いてたわ。そして、溜め息と共に、言った。

「まるで、ゼロ以外の人間は人間ですらないような言い方を、君はするんだね」

「そうよ。ゼロ以外の人間なんて、只のエキストラよ。風景よ。ゴミよ。クズよ。現に貴方だって、そうじゃないの」

――実に呆気なく、あたしは飼い主を失ってしまった。

でも、まあいいわ。

左眼を取り戻して初めてちゃんと認識した飼い主の顔の、それはそれは愚鈍な事といったら。広域清掃場行き決定よ。


もう喪に服す必要はないけれど、それでもやっぱりあたしは全身を黒い服で固めて、ゼロと再会する日を待ったわ。

何故って、それがあたしの正装だからよ。

あたしの思った通り、ゼロは現れたわ。何食わぬ顔をして。夢の中と同じ、ラバーソールを履いて。

「やあ、今日は何の日か知ってる？　ジム・モリソンの死んだ日だ」そう言って、ゼロはケラケラケラ、笑った。

「ミルク？　ミルクは行っちゃったよ。あの言葉通りにね」それで？　貴方は今でもミルクを――ああ、そうね。そんな質問は、呑み込んでおくべきね。ゼロはちゃんと生き返って来た。そしてまた、あたしの隣でケラケラケラ、笑ってるわ。それだけで、全てはオッケーだった筈なのだもの。これで、良い筈なのだもの。

けれど。あたしは、大事な事を見落としてた気がするわ。


あの時。夢の中で地中から這い出したゼロは、眼帯をしていたのだったかしら？　現実のゼロのこの右眼は、本物かしら？

「さあ、いつものレストランに行こう」

「レストランは、もう無いのよ。あたしが爆破してしまったのだから」

ほんの刹那、何かを考える顔をして、ゼロは言った。

「大丈夫。レストランは元に戻ってるよ。本当に必要なものは、必ず、再生するものなんだ」


ゼロの言葉の通り、レストランは元通りに在ったわ。寸分違わずにね。いつもの席。いつものメニュー。

「ね？　必要なものは、再生する。たとえ形を変えてでも、何度でも、必ずね」

どうやら、そうみたいね。このレストランは、形すら変えずに再生したわ。

ゼロ、貴方は、寸分違わず再生したのかしら？　その右眼は、本当に、貴方の眼球なのかしら？　まじまじと見つめるあたしに、ゼロはテーブル越しにキスをしたわ。

あの、芸術的仕種でね。

――――ニコチンとケミカルで馬鹿になった味蕾を擦り合わせる。ああ、あたし達もまた、欠落者であったのだわ。

ゼロの望まない事を、あたしは望まなかった。一度は壊れてしまったその均整は、再び取り戻されたのよ。この食事を終えた後、ゼロはあたしに触れるわ。テーブルを挟まずに。形を変えて再生した均整。ゼロの望む事を、あたしは望む。

J・P・ゴルチエの闇色のコートを脱いでしまっても、ゼロの芸術的な存在感は何ひとつ欠けてしまう事など無いわ。

針金をキリキリキリキリ巻かれた手負いのキルクディクディクの如く、痛々しく、ギリギリで、貴重なゼロの身体。

くだらない世界の中で、埃塗れの宇宙の中で、あたしにとっての唯一の真理。

それでも、何故か紫煙の有刺鉄線は、ゼロの身体のそこかしこに残ってる。
だからやっぱり、あたしは血塗れ。
血塗れのあたしは、ゼロに組み敷かれ、更に歯形をトッピングされ。宇宙一悪趣味なケエキになる。

——召し上がれ——。

ゼロの隣で眠った夜、夢を見たわ。夢の中のゼロの右眼には、眼帯。

ああ、やっぱり。貴方の右の眼窩は、暗闇のままなのね。（あげちゃったからねぇ。仕方ないよ）眼球は、今でもミルクが持っているのかしら？（さあ？でも、そうだね、僕の知らない間にも、僕の右眼は何処かでミルクを見つめ続けてるのかもしれない。僕が死ぬまで）貴方が死んだって、右眼も死ぬとは限らないわ。ミルクの物になってしまったのだから。そうでしょう？（ああ、そうか。それじゃあ、僕が死んだ後までも、僕の右眼だけはずっとミルクを見つめ続けるんだ。ずっと。ずっと）ねぇ、眼帯を外してみて？

——ゼロの眼窩の暗闇から、あの忌まわしい言葉はもう零れない。その代わり、何か酷く乾いた、粉のような物が、ポロポロポロポロと落ちた。――――これは、何？（何だろうねぇ。僕にも解らないんだ。何だと思う？）それは、あたしには読み取れない物。ゼロも、これが、このポロポロポロと落ちて来る粉が何なのかなんて、知らない方が良いわ。きっとね。そんな気がするのよ。

あたしは、いつの間にか手に握られていた真鍮の蜘蛛を、ゼロに手渡した。ゼロの掌に乗せられたそれはカサカサカサと腕を伝い、右の眼窩に潜り込むと、8本の脚をしおらしく折りたたみ、眼球に擬態した。

取り敢えずは、これでいいわ。これでもう、あの粉は落ちては来ないもの。あたしにはこれが、精一杯よ。

いつか、ゼロが、失くした本物の右眼の事を忘れてしまう時が来れば。――――そんな時を夢想してしまうあたしは、やっぱり愚かかしら？　でもね、今のあたしはどんな作家よりも、芸術家よりも素晴らしく、尊いわ。

愚かだろうと、決して訪れないであろうその時まで、あたしは今自分の額にどんなラベルが貼られているのかは、確かめないでおく事に決めたのよ。

ゼロの望む事を、あたしは望む。必要なものは、再生するわ。形を変えてでも、何度でも、必ずね。出逢うべくして出逢ったあたし達は、何度でも、出逢い続ければいい。
取り返しの付かなくなる程、何度でも。

いつものレストラン。
いつもの席。
いつものメニュー。
馬鹿になった味蕾。
ゼロの右眼は真鍮の蜘蛛
あたしは血塗れのケェキ。
召し上がれ。

——昨日ねぇ、死にかけの易者があたしを呼び止めて言ったのよ。
「そこの貴女。貴女は、恋愛至上主義者の顔をしていますね。稀に見る、恋愛至上主義者の顔だ」だって。ゼロ、笑ってやって？